„până ajungi la Dumnezeu, te mănâncă sfinții"

Rumänisches Sprichwort:

„bevor du zu Gott gelangst, werden die Heiligen dich verzehren"

Das Nichts ist ein Teil des Teils, der am Anfang alles war.

Euphemius Michalski

Valea Nair
--- und das Böse lächelte!

Eine Horror-Geschichte aus Osteuropa

nach uralten Überlieferungen

Impressum

Bibliografische Information der Deutschen Nationalbibliothek: Die
Deutsche Nationalbibliothek verzeichnet diese Publikation in der Deutschen
Nationalbibliografie; detaillierte bibliografische Daten sind im Internet über
http://dnb.dnb.de abrufbar.

Die automatisierte Analyse des Werkes, um daraus Informationen
insbesondere über Muster, Trends und Korrelationen gemäß §44b UrhG
(„Text und Data Mining") zu gewinnen, ist untersagt.

© 2025 Euphemius Michalski. Isarnho.

Verlag: BoD · Books on Demand GmbH, Überseering 33, 22297 Hamburg,
bod@bod.de

Druck: Libri Plureos GmbH, Friedensallee 273, 22763 Hamburg

ISBN: 978-3-8192-0839-3

TIGER

AF TRAWENDAHL

Das Nichts ist eine Fehlstelle, ein Loch im Etwas.

Ein Loch oder das Nichts ist da, wo etwas anderes nicht ist.

Besonders merkwürdig an einem Loch oder einem Abgrund ist dessen Rand, dessen Kante.

Der Randbereich gehört eigentlich noch zum Etwas, hat aber ständig das Nichts vor Augen.

Du stehst an der Scheidelinie!

Manche verspüren den Drang jenen Schritt ins Leere selbst zu tun. Es ist der Moment vor dem Sprung oder dem Fallenlassen. Der Sog in die Tiefe kann jeden überkommen.

Oder wird man gar vom Nichts, aus dem Nichts gepackt und gezogen?

Prolog

Mit Valea Nair, Schwarzthal, stimmte etwas nicht.
Die Menschen sprachen nicht darüber. Jedenfalls
nicht so, wie sie es hätten tun sollen; und nicht so,
wie sie es mit anderen heimgesuchten Orten hielten.
Dort wurde hinter vorgehaltener Hand geflüstert
und sich bekreuzigt, wenn man vorbeiging.
Nein, dieser Ort war anders.
Dieser Ort war tatsächlich vergessen.
Wie ein Name, an den man sich beinahe erinnert,
den man dann aber nie ganz über die Lippen
bringen kann.
Wie ein Traum, der genau in der Sekunde
verschwindet, in der man aufwacht.
Und vielleicht war dieser Umstand das Schlimmste
daran.
Die Art und Weise, wie Valea Nair nicht nach
Aufmerksamkeit verlangte.
Die Art, wie der Ort einfach wartete.
Er wartete darauf, dass jemand zu weit von der
Straße abkam.

Er wartete darauf, dass jemand eintrat, zuhörte und
ein klein wenig zu lange blieb.
Und falls eine Person zu lange blieb...
sie kam nicht mehr zurück.
Nicht wirklich.
Alles begann mit dem Brunnen.

Niemand wusste, wie alt er war, nur dass er schon immer da gewesen war, am Rande des Waldes, die Steine dunkel und verwittert von der Zeit, der Schachtkopf gähnend wie ein Schlund, der darauf wartet, etwas zu verschlingen.

Das erste Mal verschwand ein Kind.

Die Leiche wurde nie gefunden.

Der zweite Fall war ein Mann.

Auch seine Leiche wurde nie gefunden.

Beim dritten Fall hörten die Leute auf zu suchen. Später hörte man dann sogar auf, die Namen der Vermissten überhaupt auszusprechen.

Niemand wollte sich mehr an sie erinnern. Und nach einer Weile konnte es auch keiner mehr.

Als hätte ein Nichts sie verschluckt, nicht nur ihre Körper, sondern auch ihre ganze Existenz.

Und das Schlimmste daran?

Das Nichts nahm nicht nur Menschen mit.

Es nahm auch Tiere und dann verschiedene Teile der Welt mit.

Ein Haus, das immer da gewesen war, war plötzlich nicht mehr da.

Eine Straße, die gestern noch irgendwo hingeführt hatte, war heute nur noch eine tote Sackgasse.

Es geschah nicht schnell.

Es geschah nicht laut.

Es... passierte einfach, ganz gemächlich.

Als würde jemand oder etwas die Realität langsam

aber sicher und unwiederbringlich umgestalten und umschreiben.

Langsam, um sicherzustellen, dass es niemand bemerkt.

Um sicherzustellen, dass sich niemand daran erinnerte.

Denn sobald man Veränderungen bemerkte, sobald man versuchte, diese zu durchdringen und zu verstehen...

Dann begann das Dunkel, dich zu beobachten.

Es heißt, die letzte Person, die versucht hatte, Valea Nair zu verlassen, war eine Frau namens Cătălina Moraru.

Sie war eine Historikerin.

Sie war in das Dorf gekommen, um dessen Vergangenheit zu erforschen.

Sie hätte schon früher gehen sollen.

Als sie begriff, was geschah - dass das Nichts nicht nur ein Ort war, sondern etwas Lebendiges, etwas, das sich von Erinnerungen und Zeit ernährte, war es zu spät.

Sie versuchte zu fliehen.

Versuchte, andere zu warnen.

Aber ihr Name und die Erinnerung an sie begannen sich bereits aufzulösen.

Der letzte Eintrag in ihrem Tagebuch, das später gefunden wurde, war ein einziger Satz.

Immer und immer wieder gekritzelt, bis die Tinte

das Papier zerschnitt.

„ICH BIN NOCH DA."

Aber sie war es nicht.

Nicht mehr.

Und das Nichts war immer noch hungrig.

Es wartete immer noch.

Auf den nächsten Namen.

Auf das nächste Echo.

Auf die nächste Person, die dachte, sie könne ja jederzeit noch gehen.

1

Der Brief kam mitten in der Nacht, lange nachdem Elena Vasile sich mit der Schlaflosigkeit abgefunden hatte.
Sie hatte sich in ihrer Bukarester Wohnung auf der Couch ausgestreckt, ein halbleeres Glas Rotwein stand auf dem Couchtisch, der bewegte Schein des Fernsehers flackerte über die Wände. Sie hatte nicht hingesehen, schon seit mindestens einer halben Stunde nicht mehr. Die Stimme des Nachrichtensprechers war in den verschwommenen Hintergrund getreten, nur ein weiterer Abschnitt im Gefüge eines unruhigen Abends.

Als es plötzlich klopfte, drei scharfe Schläge, zu fest, zu präzise, schreckte sie auf.
Elena warf einen Blick auf die Uhr an der Wand. Ein Uhr dreizehn. Viel zu spät für irgendeinen Besucher, viel zu früh für den nächsten Morgen. In ihrem Haus gab es auch keine verplanten Nachbarn, die sich Zucker ausliehen, und sie erwartete natürlich auch kein Paket mitten in der Nacht.
Sie zögerte, war unschlüssig, bevor sie aufstand. Irgendetwas an dem Geräusch war im wahrsten Sinne des Wortes „bemerkenswert" gewesen; es

war nicht ängstlich gewesen wie das eines verirrten Reisenden oder eilig wie das eines Lieferfahrers, der sich verspätet hatte. Es hatte einen gewissen Nachdruck. Eine Bestimmtheit.

Sie durchquerte den kurzen Raum zwischen der Couch und der Tür, ihre nackten Füße spürten die kühlen Fliesen. Sie schaute nicht durch den Türspion. Warum, war ihr nicht klar. Hätte sie nicht in jedem Fall... Darüber würde sie sich später Gedanken machen.
Der Treppenabsatz draußen war leer.
Keine Schritte, die im Treppenhaus widerhallten.
Kein Geräusch einer sich schließenden oder unten wieder öffnenden Fahrstuhltür. Nur die Stille eines alten Wohnkomplexes, der sich in seinen Mauern eingerichtet hat.
Zu ihren Füßen lag ein Umschlag.
Dickes, vergilbtes Papier, an den Rändern zerknittert, als wäre er weit herumgekommen und hätte schon viele Hände durchlaufen. Keine Briefmarke. Keine Absenderadresse.
Nur ihr Name, geschrieben in fetter schwarzer Tinte.

Elena Vasile.

Ihr Magen zog sich krampfartig zusammen.
Sie bückte sich vorsichtig und hob den Umschlag auf. Das Papier war trocken, fühlte sich

unangenehm kühl an. Es fühlte sich alt an, die Art von alt, die nicht nur abgenutzt, sondern vergessen bedeutete.

Wieder drinnen in ihrer Wohnung, setzte sie sich auf die Couch und drehte den Umschlag in ihren Händen herum. Auf der Rückseite befand sich ein Wachssiegel mit einem Emblem, das wie ein Auge aussah, gezeichnet mit einer einzigen, ununterbrochenen Linie. Irgendetwas daran ließ ihre Finger zucken, als ob sie es nicht zu lange festhalten sollte.

Sie brach das Siegel.

Entfaltete den Brief.

Las die Worte.

Und die Welt geriet aus den Fugen.

„Cătălina ist noch hier. Komm nach Valea Nair. Sie rufen aus der Finsternis."

Die Handschrift war die von Elena selbst.

Lange Zeit saß Elena einfach nur da und starrte ungläubig auf den Brief in ihren Händen. Der Fernseher rauschte weiter im Hintergrund, die Lichter der Stadt schimmerten hinter ihren gardinenverhangenen Fenstern. Aber sie war nicht mehr in dieser Wohnung. Nicht wirklich. Sie befand sich irgendwo anders, tief in der Leere ihres Verstandes, wo der Name Cătălina immer existiert hatte, wie eine nicht verheilende Wunde, die eitert.

Ihre Schwester war seit über fünfzehn Jahren verschwunden.

Oder etwa nicht?

Elena runzelte die Stirn. Die Grenzen ihrer Erinnerung fühlten sich... gelinde gesagt verschwommen an. Wie bei einem Gemälde, bei dem die Farben zu verlaufen begonnen hatten und die Details in etwas total Unscharfes und nicht zu Erkennendes übergegangen waren.

Sie erinnerte sich an das letzte Mal, als sie Cătălina sah. Aber ihre Erinnerung war nur bruchstückhaft. Ein dunkelhaariges Mädchen, das auf den Feldern außerhalb ihres Dorfes lachte, der Geruch von nasser Erde nach einem Regen, das Rascheln von Blättern im Wind. Und dann...

Nichts.

Kein genauer Zeitpunkt des Verschwindens. Keine klare Erinnerung daran, wann sie merkte, dass Cătălina weg war.

Nur die Abwesenheit.

Elena fuhr sich mit der Hand durch die Haare, atmete tief durch und versuchte, sich zu beruhigen. Der Brief zitterte leicht in ihrer Hand.

Valea Nair.

Sie hatte sich geschworen, nie wieder in dieses verfluchte Tal zurückzukehren, in den Ort, in dem sie und Cătălina aufgewachsen waren, wo die Hälfte der Häuser schon verfallen war, als sie noch beide Kinder waren, und die andere Hälfte hatte nahe vor dem Verfall gestanden.

Sie war weggegangen, sobald sie achtzehn Jahre alt geworden war. Hatte nicht zurückgeblickt. Aber jetzt...

Elena drehte den Brief noch einmal um, suchte nach einem Absender, einem Datum, nach einem Beweis dafür, dass es sich um einen kranken Scherz handeln könnte. Aber da war nur die Handschrift, die haargenau mit ihrer eigenen übereinstimmte.

Das bedeutete, dass entweder jemand versuchte, mit ihrem Verstand zu spielen...

oder sie hatte ihn tatsächlich selbst geschrieben und es einfach vergessen. Aber kann man so etwas wirklich vergessen?

Der Zug sollte Bukarest im Morgengrauen verlassen.

Sie hatte bisher kaum geschlafen. Als sie nun die Augen schloss, spielte ihr der Verstand Streiche. Sie hatte sonderbar unvollständige Träume vom Laufen durch den Wald, von Cătălina, die im Nebel stand und ihren Namen rief. Von Geflüster, das ihr unter die Haut glitt und sich um ihre Knochen kringelte.

Sie schreckte noch und begann statt weiter zu schlafen zu packen.

Eine Online-Reservierung in einer billigen Herberge in einem nahe gelegenen Städtchen. Sie packte eine Taschenlampe und ein Taschenmesser, die sie seit Jahren nicht mehr gebraucht hatte, ein. Das in Leder gebundene Tagebuch ihrer Schwester, nicht für Erinnerungen, sondern um sich im Hier und Jetzt fest zu verankern. Wenn irgendetwas aus dem Ruder laufen sollte, würde sie sich nicht so leicht aufgeben. War das eine Vorahnung?

Der Zug war alt, die Fenster fleckig und teilweise blind vom Alter, die Sitze knarrten unter ihr und durch das Zuckeln über die uralten Gleise. Sie saß am Fenster und beobachtete, wie sich die große Stadt in die Landschaft auflöste, die Gebäude sich in Felder aus schwarzer Erde auflösten und die Wälder immer dichter wurden, je weiter sie nach Norden fuhren.

Valea Nair lag tief in den bis in die Täler hinein bewaldeten Bergen, eingebettet in den Schatten von etwas, das älter war als Rumänien selbst. Ihre Mutter hatte ihr einmal gesagt, dass der Wald und der Boden, auf dem er steht, nie vergisst. Jetzt, als sie die dunkle Baumreihe in der Ferne sah, fragte sich Elena, ob diese dunkle, schwarze

Undurchdringlichkeit der Bäume auf sie gewartet hatte.

Als der Bus sie in der Kurve mit der Abzweigung nach Valea Nair, nicht weit vor der auf dieser Dorfseite gelegenen Herberge, absetzte, war die Sonne bereits am Untergehen, der Himmel in blasses Gold und dunkles Grau getaucht. Die Luft war erfüllt von dem Geruch feuchter Erde und etwas Anderem, das sich darunter befand. Roch es leicht nach Metallischem?
Das Dorf im Hintergrund sah deutlich kleiner aus, als sie es in Erinnerung hatte.
Aber war das nicht immer der Fall, wenn man einen Ort zurückgelassen hatte?

Eine einzige Straße schlängelte sich durch das Tal, gesäumt von verfallenen Häusern und verrosteten Zäunen. In der Mitte stand eine Kirche, deren Glockenturm sich leicht neigte, als würde er sich unter dem Gewicht von etwas Unsichtbarem und Belastendem beugen. Die Felder dahinter waren überwuchert, wild, das Unkraut wogte ohne Wind.
Keiner war draußen.
Nicht ein einziger Dorfbewohner.
Ein Schauer lief ihr über den Rücken.

Sie zog ihren Mantel enger um sich, rückte den Riemen ihrer Tasche zurecht und ging auf La Hanul Morții zu, das Gasthaus des Todes. Sie hatte vorher den Namen für einen uralten Scherz

18

gehalten, aber jetzt, hier... Die Dämmerung wurde dunkler.

Das alte Herbergsschild knarrte an den rostigen Ketten, als sie die Tür aufstieß. Die Luft im Inneren war warm und roch nach brennendem Holz und etwas Saurem. Der Gastwirt, Dumitru Ionescu, blickte hinter der Theke hervor, seine Augen waren unergründlich.

Er fragte nicht nach ihrem Namen.

Er fragte auch nicht, warum sie gekommen war. Stattdessen griff er unter den Tresen und legte einen einzelnen Messingschlüssel auf die Fläche zwischen ihnen.

„Keine Schlösser werden sie draußen halten", sagte er.

Seine Stimme war tief und schwer, als würde man Erde auf einen Sarg schaufeln.

Elena bat ihn nicht um eine Erklärung. Sie schluckte nur.

Einem Impuls folgend fragte sie nach einem Mietwagen. Der Wirt zuckte nur mit den Schultern und legte ihr einen erkennbar abgegriffenen Autoschlüssel auf den Tresen. Dacia, stand darauf. Sie nahm beide Schlüssel und kletterte die enge Stiege hinauf.

Sie blickte nicht zurück.

In dieser Nacht lag sie meist wach im Bett. Die Wände des alten Gasthauses drückten sich um sie

19

herum wie die Rippen um einen Brustkorb.
Der Wind draußen stöhnte wie etwas, das
Schmerzen hat.
Und als sie den Kopf zum Fenster drehte...
sah sie ein Gesicht, das sie durch das Glas
beobachtete.
Aber es war ihr eigenes.
Und es lächelte.

2

Valea Nair

(Schwarzthal, so lautete der alte Name der
Siebenbürger Sachsen für das Dorf)

Elena schlief jetzt gar nicht mehr.
Sie tat so, als ob, lag steif unter der dünnen
Bettdecke und hörte dem Wind zu, der mit seinen
Fingern über die Wände des La Hanul Morții
strich, als ob etwas versuchte, hineinzukommen.
Aber sie war hellwach.
Und das Ding im Fenster beobachtete sie immer
noch.
Es stand vor dem Glas im zweiten Stock, ihr
eigenes Spiegelbild, aber etwas stimmte nicht. Der

Winkel war falsch. Der Körper war der ihre, das Gesicht war das ihre, aber die Augen waren zu dunkel, der Mund war ein wenig zu verzogen, als würde ihre Haut von innen zusammengezogen werden.

Und das Ding rührte sich nicht.
Nicht einmal zum Blinzeln. Unnatürlich.
Elena drehte ihren Kopf leicht auf dem Kissen.
Das Spiegelbild folgte ihr nicht.
Ein kalter Angstschauer lief ihr den Rücken hinunter.
Sie krallte ihre Finger unter der Decke zusammen und versuchte, ruhig zu bleiben und nicht zu laut zu atmen.
Dies ist ein Traum, sagte sie sich.
Aber das war es nicht.
Denn als sie unter das Kissen griff, fanden ihre Finger ihr Notizbuch, und sie drückte ihre Nägel in das Leder des Einbandes, nur um etwas Handfestes zu spüren.
Das Spiegelbild bewegte sich immer noch nicht.
Dann, als ob eine unsichtbare Kraft an den Fäden einer Marionette gezogen hätte, wandte es sich ab.
Nicht wie ein normales Spiegelbild - nein, das wäre zu einfach gewesen.
Stattdessen glitt es aus dem Blickfeld, bewegte sich zu geschmeidig, wie eine Puppe, die von

großen unsichtbaren Händen gezogen wurde.

Elenas Körper wurde kaltschweißig.

Sie setzte sich auf, schwang ihre Beine über das Bett und zwang sich, nach draußen zu sehen.

Das Fenster war leer. Die Straße unten war noch immer verlassen, das alte Straßenlicht flackerte.

Die Häuser entlang der Straße standen still, schwarze Fenster starrten sie an wie die toten Augen einer Leiche.

Nichts zu sehen.

Und doch hatte sie, als sie nun auf der Bettkante saß, mit hämmerndem Puls in der Kehle, das deutliche, unerträgliche Gefühl, dass etwas hereingekommen war.

Im Morgengrauen verließ sie das unwirtliche Gasthaus. Sie sehnte sich nach Bewegung, nach etwas, das einen Sinn ergab.

Das Dorf war ruhig. Viel zu still. Selbst an Orten wie diesem, an denen die Zeit stehen geblieben war, hätte es Geräusche geben müssen wie Hundegebell, krähende Hähne, das Schlurfen einer alten Frau, die ihre Veranda fegte. Vielleicht ein alter Traktor, der über irgendein Feld fuhr.

Aber da war nichts.

Die Häuser, die die Straße säumten, waren alle bewittert, in die Jahre gekommen. Das Holz an den Dachrändern war aufgequollen und geschwärzt vom jahrzehntelangen Regen. Die Zäune hingen herunter wie gebrochene Rippen, die Tore standen offen. Einige der Türen fehlten ganz, es waren nur noch gähnende schwarze Löcher da, wo eigentlich liebevoll gepflegte Hauseingänge sein sollten.

Das einzige Lebenszeichen weit und breit war eine kleine, abgemagerte Frau, die vor der Kirche stand und einen Schal fest um den Kopf gewickelt hatte.

Sie drehte sich nicht um, als sich Elena näherte. Stattdessen starrte sie auf etwas in der Ferne, jenseits der Felder, in Richtung des Waldes, wo die Bäume besonders dicht beieinander standen.

„Aveți nevoie de ajutor?" fragte Elena. „Benötigen Sie Hilfe?"

Die Frau blinzelte, als wäre sie aus einer Trance erwacht, und ihr faltiger Mund verzog sich zu einem Stirnrunzeln, als sie Elena sah.

„Nu trebuia să te întorci." „Sie hätten nicht zurückkommen sollen."

Elena schluckte. Natürlich. Kein Hallo, wie geht es Ihnen? Kein Besuchen Sie Ihre Familie? Nur DAS.

„Ich habe einen Brief erhalten," sagte Elena vorsichtig. „Jemand sagte mir, meine Schwester sei noch hier."

Das Stirnrunzeln der Frau vertiefte sich, tiefe Falten zogen sich durch ihr Gesicht.

„Sie haben keine Schwester."

Die Worte trafen Elena wie ein Schlag gegen die Brust.

Ihr Herz klopfte einmal heftig, als sich etwas in ihrem Kopf verschob; eine Lücke tat sich auf, ein ausgehöhlter Ort, etwas, das fehlte.

„Ich..." Sie unterbrach sich. Sie leckte sich die Lippen. „Ihr Name war Cătălina. Sie verschwand vor fünfzehn Jahren."

Die Frau schüttelte nur den Kopf, ihre Stimme war trocken wie Papier.

„Es gab nie eine Cătălina Vasile. Nur Sie."

Es durchzuckte sie. Vasile. Die Frau kannte ihren Familiennamen. Aber sie wagte nicht weiter nachzufragen.

Elenas Hände zitterten, als sie von der Kirche wegging.
Es ist ein Trick.
Ein kranker Scherz.
Aber sie spürte, wie sich etwas in ihr bewegte, etwas, das sie nicht erklären konnte.
Sie hatte eine Schwester. Jedenfalls gehabt. Vor

dem Verschwinden.

Oder etwa doch nicht?

Die Erinnerungen waren da, aber nur schwach, wie Tinte, die vom Regen verschmiert wurde. Sie sah Cătălina lachen, als sie beide über die Felder rannten, ihr Haar wehte hinter ihr, die Sonne fing die goldenen Flecken in ihren Augen ein.

Aber dann...

Nichts.

Der Platz, an dem die Erinnerung an ihre Schwester hätte sein sollen, war leer.

Elena grub ihre Fingernägel in ihre Handfläche, bis sie einen Stich spürte. Diese Erinnerung, diesen Schmerz würde sie nicht verlieren, nicht vergessen. Sie würde nicht zulassen, dass dieses kranke Dorf sie überwältigte.

Sie brauchte Antworten.

Der Brunnen.

In Cătălinas Tagebuch hatte gestanden, dass sie die anderen dorthin gebracht hatten.

Und wenn sie irgendeine Hoffnung hatte, die Wahrheit zu finden, oder sich selbst, musste sie jetzt dorthin gehen.

Der Brunnen lag jenseits der Felder, seine mit Steinen gefasste Öffnung klaffte auf wie ein hungriges Maul.

Elena näherte sich langsam, ihr Atem war flach, ihre Stiefel drückten auf die feuchte Erde.

Irgendetwas stimmte nicht mit ihm.

Sie hatte schon viele Brunnen gesehen, aber dieser hier... die Steine waren nicht einfach nur aufgestapelt, sondern miteinander verwoben, verschmolzen wie etwas Organisches, etwas, das eher in Form gegossen als gebaut worden war.

Sie blieb am Rand stehen und blickte hinunter.

Die Dunkelheit im Inneren war widernatürlich.

Eine dichte Schwärze, etwas, das dichter war als der Mangel an Licht, etwas, das sich auf eine Weise tiefgründig anfühlte, etwas, das nicht normal war.

Dann, ein Geräusch.

Kein Echo. Kein Wasser.

Ein langsames, rhythmisches Atmen.

Elena revoltierte der Magen.

Dann sah sie es.

Ein Handabdruck auf der Längsseite des Steins, direkt zu ihren Füßen.

Ein perfekter Umriss, aber die Finger waren zu lang.

Und der Abdruck war nicht staubig oder verblasst mit der Zeit.

Er war nass.

Sie wich von der Brunneneinfassung zurück, ihr Herz pochte, das Gewicht des Briefes in ihrer Manteltasche war plötzlich unerträglich.

Ein Wind frischte auf, peitschte durch die Bäume

jenseits der Felder und trug etwas mit sich, das kein Wind war.

Ein Geräusch.

Ein Flüstern.

„Elena..."

Sie erstarrte.

Die Stimme war so vertraut.

Sanft, zögernd.

Es war die von Cătălina.

„Du hast mich gefunden."

Ihr Atem stockte.

Ein Schatten bewegte sich am Rande des Waldes.

Er lief nicht auf sie zu.

Er stand einfach da.

Verharrte beobachtend.

Die Stimme kam wieder.

„Elena, es tut weh. Lass mich los."

Elenas Kehle schnürte sich zu.

Es war nicht echt. Das konnte nicht echt sein.

Sie machte noch einen Schritt zurück.

Und der Brunnen atmete aus.

Ein langsamer, kalter Atem umspülte ihren Nacken.

Etwas war hinter ihr.

Sie drehte sich um.

Und die Welt wurde schwarz.

3

Elena kam in kleinen Schritten wieder zu sich. Zuerst bemerkte sie die Kälte, tief, betäubend, nass, die auf ihre Haut drückte wie ein feuchtes Leichentuch. Dann das Geräusch des Windes, der durch die Bäume strich und über die Steine strich wie Finger auf Glas.

Sie öffnete ihre Augen.

Die Welt kippte zur Seite. Oder vielleicht drehte sie sich selbst.

Sie lag auf dem Boden, ausgestreckt im feuchten Gras neben dem Brunnen, ihr Mantel über sie gelegt wie ein Laken über einer Leiche. Der Himmel hatte sich vom tiefen Blau in das trübe Grau des frühen Abends verwandelt, und ihre Finger waren taub vor Kälte.

Wie lange war sie bewusstlos gewesen?

Sie setzte sich behutsam auf, ihre Muskeln schmerzten, als wäre sie im Schlaf gelaufen.

Sie drehte ihren Kopf. Der Brunnen war noch da. Er atmete immer noch. Atmete?

Ein langsames, rhythmisches Ein- und Ausatmen, wie von einem Wesen, das darauf wartete zu sprechen.

Elena rappelte sich auf und schluckte den Knoten aus Angst in ihrer Kehle hinunter. Die Luft roch jetzt anders. Sie roch alt und abgestanden, nach

nassem Stein und etwas Metallischem darunter.
Das Flüstern kam wieder.

„Elena, es tut weh. Lass mich gehen."

Sie drehte sich in Richtung des Waldes.
Die Gestalt war verschwunden.
Nur die Bäume waren noch da, ihre knorrigen
Gliedmaßen reckten sich wie gefrorene Körper im
Todeskampf.
Der Wind stöhnte leise und langsam und waberte
um ihre Knöchel, und zum ersten Mal, seit sie
einen Fuß nach Valea Nair gesetzt hatte, wollte sie
davonlaufen.
Aber wohin?
Sie hatte Bukarest mit einer einzigen Frage
verlassen:

Wo war Cătălina?

Jetzt begann sie sich zu fragen, ob die eigentliche
Frage nicht diese war...

War sie überhaupt jemals dagewesen?

Der Weg zu ihrem Elternhaus kam ihr länger vor,
als er hätte sein sollen.
Die Straße schlängelte sich in ungewohnten
Biegungen, als sollte sie woanders hingeführt
werden. In den Baumkronen über ihr schien etwas
durchzuschimmern, aber als sie aufblickte, war
nichts zu sehen.

Das Haus stand am Ende eines Kiesweges, halb verschluckt von wuchernden Ranken mit Dornen, die Fenster dunkel und hohl.

Elena näherte sich und ging zum Eingang. Dort zögerte sie an der Schwelle und drückte ihre Handfläche gegen die Tür. Das Holz war kalt. Sehr kalt. Zu kalt für Holz, dachte sie. So, als ob etwas auf der anderen Seite wartete und die Wärme aus der Luft saugte.

Dann trat sie ein.

Und das Haus schien gleichzeitig auszuatmen.

Der Geruch von Staub, altem Holz und etwas leicht Verrottetem erfüllte ihre Nase, dick und süßlich. Die Möbel standen noch genauso da, wie als sie das Haus vor fünfzehn Jahren verlassen hatte, bedeckt mit Laken, die vom Alter mittlerweile vergilbt waren.

Sie schluckte.

Mit der Stille stimmte etwas nicht.

Sie hatte nie bemerkt, wie laut Stille sein konnte, wie sie sich dehnen und in etwas Lebendiges verwandeln konnte.

Eine Stille, die zuhörte.

Ein langsames Knarren hallte von oben herab.

Nicht die Bewegung eines alten Hauses, das sich setzt.

Da war etwas anderes.

Elenas Hände ballten sich zu Fäusten.

Sie wollte nicht nach oben gehen.

Sie musste es tun.

Die Tür zu Cătălinas Zimmer war leicht geöffnet.
Drinnen fühlte sich die Luft noch dicker, schwerer
an, als ob die Wände selbst den Atem anhielten.
Das Bett war unberührt, die Decke ordentlich
gefaltet, aber die Tapete hatte begonnen, sich in
langen, krausen Streifen abzulösen.
Und auf dem Schreibtisch...
Ein kleines, in Leder gebundenes Tagebuch. Das
konnte nicht sein; sie hatte doch das echte
Tagebuch in der Herberge gelassen... Dieses schien
absolut identisch.
Elenas Puls beschleunigte sich.
Sie trat vor, streckte die Hand aus und erstarrte.
Denn jemand hatte etwas Neues auf die letzte Seite
geschrieben.
Eine einzelne Zeile, gekritzelt in vertrauter,
zackiger Handschrift:
„Ich hätte nicht antworten sollen."
Die Luft im Raum veränderte sich.
Ein Flüstern drang vom Flur herüber, leise wie
totes Laub.
„Elena..."
Etwas stand direkt vor der Tür.
Sie drehte sich um.
Und die Kerze auf dem Schreibtisch erlosch.

4

Einen Moment lang gab es nur die Dunkelheit.
Die Kerze war durch einen lautlosen Hauch
erloschen, aber es war nicht nur das Licht, das
verschwunden war; die Luft selbst fühlte sich wie
eingedickt an, als wäre etwas Schweres in den
Raum gekrochen und hätte den ganzen Platz
gestohlen und die Luft verdrängt.
Elenas Atem stockte in ihrer Brust.
Der Flur hinter der Tür war stockdunkel, eine
Schwärze, die nicht vom fehlenden Licht
herrührte, sondern von etwas, das nicht gesehen
werden wollte.
Dann kam erneut das Flüstern.
„Elena...“
Leise, zerbrechlich, kaum ein Atemzug, aber nun
war es direkt vor der Tür.
Sie erstarrte. Diesmal war es nicht die Stimme von
Cătălina. Tiefer. Rauer. Wie jemand, der versucht,
sich daran zu erinnern, wie man überhaupt spricht.

Ihre Hände wollten nach etwas greifen, nach
irgendetwas, aber das Einzige, was sie unter den
Fingern hatte, war Cătălinas Tagebuch auf dem
Schreibtisch. Sie umklammerte es fest, das Leder
war kühl und gab ihrem Griff einen Widerstand.
Die Stille dehnte sich aus.
Dann kam das Brummen.

Zuerst ganz langsam.

Eine Melodie, die sie noch aus ihrer Kindheit
kannte, schwebte durch den Korridor wie ein
Faden, der durch die Dunkelheit gezogen wurde.
Elenas Magen verwandelte sich in Eis.
Ja, sie kannte dieses Lied.

Es war das Schlaflied, das ihre Großmutter zu
singen pflegte, das Lied, das sie und Cătălina sich
gegenseitig vorgesummt hatten, als sie noch klein
waren, als sie nachts zusammen im Bett lagen und
beobachteten, wie sich die Schatten über die
Zimmerdecke bewegten.
Aber jetzt...
Jetzt klang es falsch.
Die Melodie war zu langsam, die Noten schleppten
sich auf eine Weise, die ihr die Haare auf den
Armen zu Berge stehen ließ.
Und es kam immer näher.
Elena bewegte sich.
Nicht in Richtung der Tür, Gott, nein.

Sie trat zwei Schritte zurück und spürte, wie die
Kante der Schreibtischplatte in ihr Kreuz drückte.
Ihre Hände zitterten jetzt, die Finger
umklammerten das Tagebuch wie eine
Rettungsleine.

Das Summen hörte nicht auf.
Die Melodie ging weiter, leise und süß und
schrecklich, und sickerte durch alle vorhandenen

Fugen des Hauses.

Und dann, Schritte.

Langsam. Gemessen. Sie kamen die Treppe hinauf.

Sie konnte sich nicht bewegen. Wagte es nicht.

Die Dunkelheit an der Tür verdichtete sich.

Und schließlich, als hätte etwas sein Gesicht gegen das Holz gepresst, flüsterte eine Stimme:

„Du hast mich verlassen."

Die Tür knarrte auf.

Elena griff nach der Kerze, nach irgendetwas, ihre Finger tasteten nach einem Streichholz, strich es gegen den Schreibtisch. Die Flamme flackerte auf, tanzte wild und warf Schatten an die Wände.

Aber der Flur war leer.

Keine Fußabdrücke. Keine Gestalt in der Dunkelheit.

Nur ein schwacher Hauch unangenehm kühler Luft, der sich um die Türöffnung wand wie Finger, die sich vor einer Berührung zurückziehen.

Das Summen hatte aufgehört.

Elena stieß einen langsamen, zitternden Atemzug aus.

Dann wandte sie sich langsam und um sich weiter zu beruhigen wieder dem Tagebuch zu.

Denn wenn Cătălina ihr etwas hinterlassen hatte, wenn auch nur die Möglichkeit bestand, dass ihre Schwester über dieses Ding geschrieben hatte, über das, was es wollte, dann musstc sie es wissen.

Sie musste es jetzt wissen.

Mit zitternden Fingern blätterte sie durch die Seiten, überflog die Einträge, ihr Atem ging schnell und flach.

Und dann fand sie etwas.

Eine Passage, zweimal unterstrichen mit dunkler, hektisch geschriebener Tinte.

„Ich höre sie nachts. Sie stehen in der Halle. Sie summen das Lied. Ich versuche, nicht hinzuhören, aber wenn man zu lange lauscht, fangen sie an, zurückzulauschen."

Elenas Puls pochte gegen ihre Rippen.

Und gerade als sie die Worte verarbeitete, gerade als sie den Kopf hob...

begann das Brummen erneut.

Aber dieses Mal war es im Raum.

5

Das Summen hörte in dem Moment auf, als Elena sich bewegte.

Nicht sofort, nicht wie ein plötzlich unterbrochener Ton, sondern wie ein langsam erlöschender Atem.

Wie eine Orgelpfeife, die letztendlich keine Luft mehr hat.

Sie stürmte aus dem Zimmer, das Tagebuch fest an ihre Brust gepresst, ihr Puls hämmerte so laut, dass er fast das Geräusch ihrer eigenen Schritte übertönte. Sie hielt erst inne, als sie draußen in der Kälte stand und ihr Atem in schnellen, panischen Stößen in die nebeldichte Morgenluft stieg.

Im Dorf war es totenstill.

Viel zu still.

Keine Vögel. Kein Rauschen des Windes. Kein entferntes Gemurmel von Leuten, die aufwachten, um ihren Tag zu beginnen.

Nur die tiefe, wartende Stille.

Sie drehte sich zum Haus zurück, in der Erwartung, etwas im Fenster zu sehen, einen Schatten, ein Gesicht vielleicht, irgendetwas, aber es gab nur leeres Fensterglas, das zurück starrte wie aus blinden Augen.

Sie schluckte.

Das Leder des Tagebuchs war schweißnass an den Stellen, an denen ihre Finger darauf drückten.

Sie brauchte schnellstens Antworten.

Und es gab nur noch einen Ort, an dem sie suchen konnte.

Die Klosterruine stand am Rande von Valea Nair, dort wo das Land in zerklüftete Felsen auslief und die Wälder sich zu etwas Wildem, Unberührtem verdichteten.

Elena war nur einmal in ihrem Leben dort

gewesen, als sie zehn Jahre alt war, auf einem Schulausflug. Der Priester, der sie führte, hatte sich geweigert, durch das Haupttor zu gehen, und die Luft hatte schwer nach verbranntem Wachs und altem Weihrauch gerochen, als hätte jemand jahrhundertelang versucht, etwas zu verbergen. Jetzt war es sogar noch schlimmer als in ihrer Erinnerung.

Die Bäume rund um das Kloster schienen sehr dicht beieinander zu stehen, ihre Äste waren miteinander verknotet wie ineinander greifende Hände. Die Steinmauern waren von der Zeit geschwärzt, verkohlt, als hätte ein Feuer sie angeleckt, aber die Arbeit nicht zu Ende gebracht. Der Glockenturm stand noch, schief und bröckelig, obwohl jeder im Dorf wusste, dass er keine Glocke mehr hatte.

Und doch...

Als sie über die Schwelle des Haupteingangs trat, läutete es.

Ein einziger, tiefer, stöhnender Glockenschlag.

Elena erstarrte.

Ihr Atem stockte in der Kehle.

Denn in den Geschichten hieß es, die Glocke läute nur für die Verdammten.

Im Inneren der Ruinen war die Luft rußig von Kohlenstaub und erfüllt von feuchter Fäulnis. Sie folgte dem alten Gang zwischen den zerbrochenen Kirchenbänken und wich vorsichtig den Wurzeln aus, die sich durch den Stein gedrückt hatten und sich wie Adern durch den Boden schlängelten.

Am östlichen Ende der Kirche, wo eigentlich der Altar stehen sollte, saß eine Gestalt vor einer Reihe von Gemälden, die an die Wand gelehnt waren.

Ein Mann, zusammengekauert, mit dem Rücken zu ihr.

Luca Munteanu.

Der Maler der Verlorenen.

Sie kannte seinen Namen von früher. Jeder im Dorf kannte ihn. Er war schon länger hier, als man sich erinnern konnte, lebte in den Ruinen und malte Gesichter, die es nicht mehr gab.

Elena räusperte sich. „Luca."

Er drehte sich nicht um.

Er beachtete sie überhaupt nicht.

Sie trat näher heran und blieb dann stehen.

Weil sie sah, was er malte.

Ein Gesicht.

Ihr Gesicht.

Die Farben waren dick und nass, die Pinselstriche hektisch, fast verzweifelt, als hätte er versucht, es fertigzustellen, bevor sie kam. Bevor sie es sehen konnte.

Und da war etwas hinter ihr auf dem Gemälde.

Ein Schatten ohne Gestalt.

Er stand nicht neben ihr, schwebte nicht hinter ihr,
sondern lehnte sich aus ihrem Körper heraus.
Als wäre er in ihr drin und würde versuchen,
herauszukommen.
Luca atmete langsam aus. „Du hättest nicht
zurückkommen sollen."
Elenas Mund war trocken geworden.
Sie starrte auf das Bild, dann sah sie ihn an.
„Warum hast du das gemalt?"
Luca tauchte seinen Pinsel in die Farbe, rührte das
Schwarz zu etwas noch Tiefgründigerem.
Dann sagte er: „Ich male nicht, was ich will. Ich
male, was ich sehe."

.

6

Elena war sich nicht sicher, was sie mehr
beunruhigte: das Bild oder Luca selbst.
Irgendetwas stimmte nicht an der Art, wie er da
saß, über sein Werk gelehnt, als würde er von
etwas Unsichtbarem festgehalten. Seine Hände
bewegten sich ohne zu zögern, zogen dicke
schwarze Striche über die Leinwand und
zeichneten etwas Unförmiges nach, etwas, das ihr
den Magen umdrehte, je länger sie es betrachtete.

Ein Mund, vielleicht. Oder eine Tür.

Oder eine Wunde.

Elena schluckte. „Warum malst du mich?"

Luca drehte sich schließlich um, sein Gesicht war blass und ausgehöhlt, mit tiefen Schatten unter den Augen. Er sah älter aus, als er wohl eigentlich sein mochte, wie ein Mann, der zu viele Jahre damit verbracht hatte, am Rande von etwas Erdrückendem und Unbekanntem zu stehen.

Sein Blick glitt hinunter zu Cătălinas Tagebuch in ihren Händen.

Er atmete scharf durch die Nase aus. „Du hast es also gefunden."

Elenas Finger krallten sich um das Buch. „Du wusstest davon?"

Luca tauchte seinen Pinsel in einen Topf mit schwarzer Farbe und rührte die Farbe langsam um. „Ich wusste von all diesen Dingen."

Ein Schauer lief ihr über den Rücken.

Sie warf einen Blick auf die Wand hinter ihm. Dort waren Dutzende von Gemälden aufgereiht, an die brüchigen Steine gelehnt, einige wahllos gestapelt, halbfertig und vergessen.

Gesichter.

Dutzende von Gesichtern. Unzählige Gesichter.

Einige waren ihr bekannt. Einige erkannte sie beinahe wieder, als wären sie einer alten, halb verschütteten Erinnerung entnommen worden.

Ein paar waren durchgestrichen worden. Dicke, unordentliche Schrägstriche aus schwarzer Farbe, die sie vollständig ausradierten.

Aber das Schlimmste, der Teil, der eine unangenehme Welle der Übelkeit durch ihren Magen rollen ließ, war, dass einige der Gesichter nicht richtig waren. Sie waren falsch.

Nicht nur durch die Farbe verzerrt, sondern verdreht, in unnatürliche Ausdrücke gedehnt, als ob etwas sie von innen heraus umgeformt hätte.

Elenas Kehle schnürte sich zu.

„Wer sind die alle?"

Luca legte seinen Pinsel ab und wischte sich die Hände an seinem bereits schmutzigen Hemd ab.

„Sie waren vor dir hier."

Seine Stimme war gleichmäßig ausdruckslos, völlig emotionslos.

„Ich male sie, bevor sie verschwinden. Bevor die Finsternis sie holt."

Ihr Magen krampfte sich zusammen. „Wohin werden sie mitgenommen? Und von wem?"

Luca sah zu ihr auf und schaute ihr schließlich fast traurig in die Augen.

Und dann sagte er ganz leise:

„Das weißt du bereits."

Der Brunnen.

Es war immer der Brunnen gewesen.

Schon als sie ein Kind war, hatten die

Dorfbewohner sie gewarnt, sich von ihm fernzuhalten.

„Es ist kein Brunnen. Es ist ein Mund, der verschlingt."

Aber Cătălina hatte nie auf sie gehört.

Und sie würde jetzt auch nicht auf irgendjemanden hören.

Elena verließ die Klosterruine ohne ein weiteres Wort und trat zurück auf die kalte Erde ausserhalb der Ruine, während der Wind durch die Bäume strich und die Äste wie Körper an Schlingen schwangen.

Als sie den Brunnen erneut erreichte, hatte sich der Himmel zu einem tiefen, blauen Blau verdunkelt, und die letzten Sonnenstrahlen verschwanden gerade hinter den Bergen.

Die Luft war hier kälter. Schwerer.

Als würde man in die Lunge eines schlafenden Tieres treten.

Der Brunnen stand am Rande der Lichtung, seine Steine bedeckt und feucht von Moos, der ummauerte Brunnenkopf klaffte offen wie ein Maul, das verschlingen will.

Elena schluckte schwer und trat trotzdem näher heran.

Dann hörte sie es.

Das Geräusch des Atmens.

Sie schreckte zurück.

Das Geräusch war schwach, aber unverkennbar ein langsames, rhythmisches Ein- und Ausatmen, als ob etwas tief unten drinnen am Leben wäre.

Ihre Beine verkrampften sich, jeder Instinkt schrie sie an, umzukehren, zu rennen.

Aber sie tat es nicht. Sie tat das Gegenteil.

Sie ging einen Schritt nach vorn und beugte sich vor und spähte in die Dunkelheit.

Und einen Moment lang schaute der Brunnen zurück.

Ein schauderndes, feuchtes Einatmen.

Dann...

Eine Hand schoss aus der Dunkelheit hervor.

Elena hatte kaum Zeit zu reagieren, bevor sich die Finger um ihr Handgelenk schlossen: kalt, feucht, unfassbar stark.

Sie stieß einen erstickten Schrei aus und stolperte zurück, aber der Griff hielt fest.

Und dann blühte der Schrecken in ihrer Brust auf wie eine offene Wunde.

Denn die Hand, die sie hielt - war ihre eigene.

Keine Kopie. Keine Täuschung durch das Licht.

Ihre eigene Hand.

Kalt. Falsch.

Sie zerrte sie vorwärts und wurde gleichzeitig zurückgezogen wie durch ein Gewicht, das sie zur Kante zog.

Sie keuchte, kämpfte dagegen an, ihre Stiefel scharrten auf dem Stein.

Der Griff wurde fester.

Und dann...

Eine Stimme aus der Dunkelheit.

„Lass mich raus."

Der Griff lockerte sich.

Und einfach so war die Hand weg.

Elena taumelte zurück, ihr Herz hämmerte.

Ihr Handgelenk war nass, als hätte sie es in irgendetwas hineingetaucht.

Sie schaute auf ihre Handfläche hinunter.

Die Form eines Handabdrucks war zurückgeblieben, nicht gequetscht, nicht verbrannt, einfach nur da, als hätte etwas seine Finger in ihre Haut gedrückt und nicht mehr losgelassen.

Die Luft veränderte sich.

Und dann, aus der Tiefe des Brunnens, kam ein Flüstern.

Weich, fast flehentlich.

„Elena ... bitte."

Ihr Magen wurde zu Eis.

Denn dieses Mal...

Diesmal war es die Stimme von Cătălina.

7

Elena lief nicht weg.

Das hätte sie tun sollen.

Aber stattdessen stand sie da, ihr Atem ging flach, ihr Handgelenk war immer noch feucht von etwas, das kein Wasser war.

Die Stimme kam wieder aus dem Brunnen, weich wie Seide, und schlängelte sich um sie herum wie Finger in ihrem Haar.

„Elena ... bitte."

Cătălinas Stimme.

Nur dass sie es nicht in echt war.

Nicht ganz.

Denn der Ton war schräg, gedehnt wie eine alte Kassette, die zu langsam abgespielt wurde. Die Art, wie sie die Silben formte, war zu vorsichtig, als würde jemand die Stimme ihrer Schwester wie eine Maske tragen.

Elenas Magen krampfte sich zusammen.

Irgendetwas in ihr brüllte immer noch danach, wegzulaufen, sich umzudrehen, um von diesem Brunnen wegzukommen, bevor er sie ganz verschlingen könnte.

Aber ein anderer Teil, tief in ihrer Brust versteckt, flüsterte.

Was ist, wenn sie es wirklich ist?

Was, wenn sie noch da unten ist und wartet?

Sie machte einen Schritt vorwärts.
Der Atem des Brunnens wurde lauter.
Er wartete.

Das Seil war alt.
Sie fand es aufgerollt an einem nahen Zaun, dick
und ausgefranst, es roch nach Schimmel und Erde.
Es musste schon mehrfach benutzt worden sein,
vielleicht für Wasser, vielleicht für etwas anderes.
Elena wollte nicht an irgendeine Alternative
denken.
Sie wickelte das Seil um den Holzpfosten neben
dem Brunnen und band es fest. Sie testete die
Haltbarkeit.
Dann holte sie ihre Taschenlampe heraus.
Atmete tief ein.
Und kletterte über den Rand.
Die ersten paar Meter waren leicht.

Die Wände waren glitschig von feuchtem Moos, es
roch nach nassem Stein und etwas Erdigem, etwas
Verrottetem, das ihr entgegenströmte.
Je tiefer sie kletterte, desto ruhiger wurde die Welt
über ihr.
Es fühlte sich komisch an, unnatürlich.

Als ob jegliches Geräusch nicht wegen der
Entfernung nach oben schwächer wurde, sondern
weil der Brunnen selbst es aktiv verschluckte.
Sie war etwa zehn Fuß tief, als sie auf die Spuren

aufmerksam wurde.

Die Kratzspuren.

Zuerst dachte sie, es seien nur Rillen im Sandstein, natürliche Erosion vielleicht. Aber als sie mit dem Strahl der Taschenlampe darüber fuhr, erkannte sie die Muster.

Hände.

Dutzende von ihnen.

Lange, ungleichmäßige Furchen, wo die Finger an den Wänden gekratzt und sich empor gekrallt hatten.

Sie versuchten zu klettern.

Versuchten zu entkommen.

Elenas Atem stockte.

Ihr Magen verwandelte sich in Blei.

Es gab keinen Boden.

Nur der gähnende, schwarze Schlund unter ihr.

Und das Gefühl, tief in ihren Knochen, dass etwas zu ihr hinaufblickte.

Und lächelte.

Das Licht flackerte.

Und eine Stimme flüsterte, direkt hinter ihrem Ohr.

„Zu spät."

Dann...

Etwas riss sie zu Boden.

8

Elena fiel.

Das Seil verbrannte ihre Handflächen, als sie in die Tiefe stürzte, mit der Schulter gegen die Steinwand schlug und ihre Stiefel seitlich über glitschiges Moos schrammten.

Die Dunkelheit verschluckte alles, den Himmel über ihr, den schwachen Schein ihrer Taschenlampe, die sich wild an ihrer Hand an der Halteschlaufe drehte.

Und das Schlimmste daran?

Der Brunnen war so tief. Viel zu tief für einen normalen Dorfbrunnen.

Sie hätte schon längst auf dem Grund sein müssen.

Stattdessen fiel sie immer noch.

Und etwas lachte.

Kein normales Lachen. Kein menschliches Lachen.

Es war tief und hohl, vielschichtig, wie hundert Stimmen, die durch zerbrochene Zähne atmeten.

Das gleiche Lachen, das sie als Kind in ihren schlimmsten Albträumen gehört hatte.

Dasselbe, von dem auch Cătălina immer schreiend aufgewacht war.

Sie drückte ihre Augen zu. Nein. Nein, nein, nein.

Ihre Finger krallten sich um das Seil, und ihr Körper zuckte heftig, als es straff gezogen wurde.

Der Aufprall ließ ihre Knochen zittern.

Sie baumelte am Seil, ihr Atem ging stoßweise, ihr Körper schwankte wie eine Fliege, die sich in einem Netz verfangen hatte.

Der Brunnen war wieder still geworden.

Aber etwas wartete unten.

Es beobachtete sie.

Und als sie die Taschenlampe nach unten richtete, wurde ihr kalt.

Die Wände endeten unter ihr.

Der Brunnen war nicht länger ein Brunnen.

Er hatte sich zu einer Höhle geöffnet, einer endlosen Schwärze, deren Steinboden sich wie ein Rachen beim Schlucken nach innen wölbte.

Und in der Mitte stand...

eine Frau.

Sie war schwarz gekleidet, ihr langer Schleier schleifte über den feuchten Stein.

Die Hände ordentlich vor ihrem Bauch gefaltet.

Und ihre Augen: groß und weiß und ohne zu blinken, starrten sie Elena direkt an.

Mara Drăculeşti.

Die Hexe von Valea Nair.

Das erste Opfer.

Und in dem Moment, als Elena die Hexe sah, wusste sie...

dass Mara nicht diejenige war, die die Fäden zog.

Sie war es nie gewesen.

Sie war nur eine weitere Marionette.

Und das Ding, das sie kontrollierte...
Dieses Ding war immer noch hungrig.

9

Mara Drăculeşti bewegte sich nicht.
Sie stand vollkommen still in der Höhle unter
Elena, ihr langer schwarzer Schleier blähte sich
leicht, wie von einem Luftzug, obwohl hier unten
keinerlei Wind ging.
Ihr Körper sah disproportioniert aus.
Sie war zu dünn, ihre Arme hingen zu lang an den
Seiten herab, ihre Finger verjüngten sich zu etwas
Schärferem, zu etwas Messerartigem,
Gefährlichem.
Und diese weißen, nicht blinzelnden Augen...
Sie sahen Elena nicht an.
Sie schauten durch sie hindurch.
Als könnten sie etwas hinter ihr sehen.
Oder in ihr.
Elenas Atem ging flach, unregelmäßig.

Sie umklammerte das Seil, ihre Knöchel waren
blutleer, ihre Füße stützten sich an der glatten
Steinwand des Brunnens ab. Sie konnte das
Flüstern immer noch hören, nicht nur unter ihr,

sondern von überall um sie herum, im Stein, in ihren eigenen Knochen.

Es weiß, dass du hier bist.

Der Gedanke kam unaufgefordert, kalt wie Eis.

Und dann bewegte sich Mara.

Nicht schnell. Nicht auf eine ruckartige, unnatürliche Weise.

Sie neigte einfach ihren Kopf.

Eine langsame, bedächtige Bewegung.

Und als sie sprach, war ihre Stimme offensichtlich nicht ihre eigene.

Denn sie war vielschichtig, hallte von den Höhlenwänden, von den Wandungen von Elenas eigenem Schädel wider.

„Du warst immer dazu bestimmt, zurückzukommen."

Elenas Herzschlag pochte gegen ihre Rippen.

Sie wusste, dass sie wieder hochklettern musste, um rauszukommen, um wegzukommen, aber irgendetwas hielt sie hier unten.

Nicht physisch.

Etwas in der Luft.

Etwas in der Art, wie Maras zu weiße Augen auf die ihren gerichtet waren, wie eine Spinne, die darauf wartet, dass eine zappelnde Fliege stillhält.

„Du warst immer dazu bestimmt, zurückzukommen."

Die Worte gingen ihr unter die Haut und umschlossen etwas tief in ihrem Inneren, das nur darauf gewartet hatte, zu erwachen.

Nein.

Sie kämpfte dagegen an.

Sie schüttelte den Kopf und drückte das Seil so fest zusammen, dass es wehtat. „Du bist nicht real."

Maras Lippen schälten sich zu einem langsamen, geschwärzten Lächeln.

„Und du auch nicht."

Die Luft in der Höhle veränderte sich.

Eine schwere, erstickende Präsenz.

Und Elena spürte es.

Etwas hinter ihr.

Etwas Überwältigendes.

Etwas, das wartete.

Ein einzelner, langsamer Atemzug, der durch die Dunkelheit zog.

Und dann...

Eine Hand schlang sich um ihren Knöchel.

Kalt. Falsch. Zu viele Finger.

Und die Hand zog.

10

Elena stürzte.

Das Seil brannte wie Feuer an ihren Händen, als sie in die Schwärze stürzte und der lebende Hohlraum sie ganz verschluckte.

Die Hand um ihren Knöchel war kalt, feucht und falsch, die Finger zu lang, der Griff zu fest, definitiv nicht menschlich. Die falsche Hand zog sie nach unten, zog sie in die Tiefen von etwas, das älter war als Stein, älter als Namen.

Sie strampelte.

Es hätte nicht funktionieren dürfen.

Aber in dem Moment, als ihr Stiefel mit dem, was sie festhielt, in Berührung kam, ließ das Ding los. Nicht mit einem Schrei, nicht mit einem Geräusch, sondern mit einem furchtbaren, nassen Zittern, als ob es zerrissen worden wäre.

Und dann fiel sie wieder.

Bis sie auf festem Boden aufschlug.

Der Aufprall raubte ihr den Atem. Schmerzen durchzuckten ihre Rippen, ihre Knie schepperten gegen den Stein. Sie lag da, keuchend, die Ohren dröhnten von der urplötzlichen Stille der Höhle.

Dann, langsam, zu langsam,…

Sie öffnete ihre Augen.

Und sah den Altar.

Es war kein Altar, wie er in einer Kirche stehen könnte.

Es war etwas viel Älteres, Ursprünglicheres.

In der Mitte der Höhle befand sich eine Platte aus schwarzem Stein, deren Oberfläche glatt und uneben war, als wäre sie von Jahrhunderten voll blutiger Rituale abgenutzt worden. Die Kanten waren rissig, aber nicht von der Zeit.

Sondern von Zahnabdrücken.

Etwas oder jemand hatte dort hineingebissen.

Und dann sah sie es.

Die sechs Gestalten, die in einem perfekten Kreis um den Altar lagen, ihre Körper halb verschlungen vom Felsen selbst.

Ihre Gesichter waren verschwommen, als wären alle aus dem Leben getilgt worden, bevor ihre Körper folgen konnten.

Sechs Körper.

Elena drehte sich der Magen um.

Sie erinnerte sich an Lucas Worte.

"Es nimmt sieben."

Sie war die siebte.

Ein Schatten bewegte sich in ihrem Blickwinkel.

Elena drehte sich zu ihm um, ihre Taschenlampe zitterte in ihrer Hand.

Mara Drăculești war verschwunden.

Aber etwas Anderes stand dort, wo sie gestanden hatte.

Etwas Großes, dessen Gestalt sich beim Atmen veränderte.

Dessen Gesicht war hohl und leer, aber etwas in ihm bewegte sich, drehte sich.

Und dann, öffnete es seinen Mund.

Nicht um zu sprechen.

Um ihr etwas zu zeigen.

Und darin...

Drinnen waren die unglücklichen sechs.

Ihre Körper verschmolzen ineinander, ihre Gesichter waren halb geformt, die Münder zu stummen Schreien verzogen.

Sie waren nicht tot.

Nicht lebendig.

Sie steckten fest.

Und Elena wusste in diesem Moment, dass dies nicht Maras Fluch war.

Es war musste etwas ganz anderes dahinterstecken.

Etwas, das nie aufgehört hatte, sich selbst zu sättigen.

Und jetzt wollte es sie.

Die Siebte.

Das letzte, fehlende Teil.

Elena rannte.

11

Elenas Stiefel trommelten beim Laufen auf den nassen Stein, und ihr Atem entfuhr ihrer Kehle in stosshaften Atemzügen. Die Höhle dehnte sich endlos vor ihr aus, die Wände wölbten sich wie das Innere eines Brustkorbs, glitschig von etwas, das nach feuchter Erde und altem Blut roch.

Metallisch.

Hinter ihr bewegte sich das Ding.

Nicht schnell. Nicht eilig.

Das musste es auch gar nicht.

Es hatte jetzt viel Zeit. Sie saß in der Falle.

Das Flüstern drang durch die Luft, legte sich um ihre Rippen und presste sich in ihren Schädel.

"Elena… nicht weglaufen."

Die Stimmen waren vielschichtig, überlagerten sich und schienen aus lange vergangenen Jahrhunderte zu ihr zu kommen.

Die sechs, die vor ihr gekommen waren. Ihre Körper waren verschwunden. Verzehrt von dem Ding.

Aber ihre Stimmen schienen noch da zu sein.

Sie biss die Zähne zusammen, drängte vorwärts und ignorierte, wie der Boden unter ihr pulsierte, als wäre er lebendig.

Als ob er atmen würde.

Der glitschige Tunnel verengte sich vor ihr.

Die Wände zogen sich zusammen, verdrehten sich, als würden sich die Steine selbst verschieben, um sie zurückzuhalten.

Ihre Taschenlampe flackerte.

Sie biss die Zähne zusammen und lief schneller, ihre Finger umklammerten Cătălinas Tagebuch in ihrer Tasche.

Sie wusste wirklich nicht mehr, warum sie sich noch daran festhielt.

Vielleicht, weil es das letzte Echte, Greifbare an diesem Ort war.

Oder vielleicht, weil ein Teil von ihr wusste, dass sie es benötigen könnte, bevor das hier vorbei war.

Der Boden neigte sich nach unten, tiefer, die Luft wurde dick vor Hitze, von etwas Metallischem und Scharfem, wie rostiges Eisen.

Und dann...

Der Tunnel weitete sich zu einer Höhle.

Und Elena erstarrte.

Denn sie stand am Rande von etwas Unmöglichem.

Einem Abgrund.

Eine riesige, endlose Tiefe, die sich hinunter in eine so vollständige Dunkelheit erstreckte, dass das Schwarz das Licht ihrer Taschenlampe zu verschlucken schien.

Und ganz unten...

Etwas bewegte sich.

Nicht ein Mensch.

Nicht ein Ding.

Etwas Größeres.

Etwas, das auf sie gewartet hatte.

Sie wusste mit jedem Nerv in ihrem Körper, dass sie angesehen, gemustert wurde.

Auch wenn es keine Augen hatte.

Nicht mehr.

Aber einmal, einmal hatte es welche gehabt.

Und es hatte alles gesehen.

Das Nichts war nicht nur ein Ort.

Es war nicht nur ein Hunger.

Es war eine Wunde.

Eine Wunde in der Welt, und etwas in ihm hatte nie aufgehört zu bluten.

Elenas Atem ging jetzt schnell und flach.

Ihre Beine waren verkrampft, ihre Hände glitschig von Schweiß.

Sie spürte, wie es sich in der Dunkelheit bewegte, wie sich in seinem Gefängnis aus Stein und Schatten bewegte und versuchte, sich an ein vergangenes Selbst zu erinnern.

Versuchte, wieder ganz zu werden.

Und sie war das letzte Stück.

Das siebte Opfer.

Elena zwang sich, zurückzutreten, ihr Puls

hämmerte in ihren Ohren.

Sie wollte sich nicht von diesem Ding
überwältigen lassen. Zu einer einfachen Zahl
werden.

Sie wollte nicht zu einer von den anderen werden.
Aber dann...

Ein Flüstern strich an ihr Ohr.

„Es ist kein Opfer, Elena."

„Es ist ein Geschenk."

Sie drehte sich um.

Und Mara Drăculeşti stand hinter ihr.

Und dieses Mal...

Sie lächelte.

12

Mara Drăculeşti stand an der Kante zum Abgrund,
ihr langer schwarzer Schleier bewegte sich wie
etwas Lebendiges, obwohl dort kein Wind war.
Und sie lächelte immer noch.
Kein normales Lächeln. Kein freundliches
Lächeln.
Ein Lächeln, das zu breit und unbeweglich war, als
hätte etwas das Lächeln in ihr Gesicht geritzt und
es dort belassen.

"Es ist kein Opfer, Elena," wiederholte sie, ihre
Stimme war leise und weich wie verlöschende
Glut.

"Es ist ein Geschenk."

Elena trat einen Schritt zurück.
Die Höhle hinter ihr pulsierte, atmete und stieß
dann einen Luftzug aus, der nach nassem Stein und
etwas Uraltem, Unterirdischem roch, etwas, das
seit Jahrhunderten verrottet und eigentlich
vergangen war.
Die Schwärze dehnte sich unter ihr aus wie ein
wartender Schlund.
Und Mara lächelte immer noch.
„Du hättest nie gehen sollen", murmelte sie.
„Damals nicht. Und jetzt auch nicht."
Elenas Finger verkrampften und hielten sich an

den Säumen ihrer Manteltaschen fest, ihre
Muskeln spannten sich an, um loszulaufen.
Aber dann...
Eine Stimme hinter ihr.
Eine neue Stimme.
„Sie hat recht."
Sie drehte sich um.
Und ihr Blut wurde kalt.
Dort stand Luca. Bedrohlich. Dunkel.

Für eine Sekunde - nur eine Sekunde - dachte
Elena, sie würde träumen.
Denn Luca dürfte gar nicht hier sein.
Sie hatte ihn im Kloster zurückgelassen. Er hatte
sie gehen sehen. Oder etwa nicht?
Und doch war er hier.
Er stand neben Mara.
Seine farbverschmierten Hände ordentlich vor sich
gefaltet, sein Gesicht unheimlich ruhig und
entspannt. Wie ein lustiger Clown, der einem im
nächsten Augenblick den Kopf abreißen wollte.
Als hätte er schon immer hierher in diese böse
Tiefe gehört.
Elena drehte sich der Magen um.
„Luca", sagte sie mit heiserer Stimme. „Was zum
Teufel machst du hier?"

Er antwortete nicht.
Bewegte sich nicht.

Er sah sie einfach nur mit diesen tiefen, müden
Augen an.
Und dann, sanft, zu sanft,
„Du musst das verstehen."
Ihr Puls schlug gegen ihre Rippen.
„Was soll ich verstehen?"
Luca trat schließlich vor, seine Stiefel scharrten
auf dem feuchten Stein.
„Was dieser Ort ist. Was er tut."
Seine Stimme war unheimlich ruhig, gemessen.
„Wir sind nicht dazu bestimmt, ihn zu bekämpfen,
Elena."
„Wir sind dazu bestimmt, zuzuhören."
Und dann...
Er griff in seinen Mantel.
Und zog ein Messer heraus.

Elena wurde flau im Magen.
„Luca."
Sein Gesichtsausdruck änderte sich nicht.
„Es will dir nicht wehtun", sagte er sanft, als
würde er einem Kind etwas erklären.
„Es will dich zurückbringen."
Elenas Puls pochte in ihren Ohren.
„Du hast einen Handel gemacht", hauchte sie. Die
Worte schmeckten wie Galle.
Lucas Schweigen war ihre Antwort.
Er hatte es gewusst.

Von dem Moment an, als sie nach Valea Nair zurückgekehrt war.

Er hatte sie hierher geführt.

Eine kalte, üble Welle des Verrats durchfuhr sie, aber es war keine Zeit für Trauer. Keine Zeit für Wut.

Denn Luca kam immer noch auf sie zu.

Das Messer in der einen Hand.

Die andere ausgestreckt.

„Hör einfach zu, Elena."

„Dir hört es bereits zu."

Und unter ihr...

Die Grube seufzte.

Als ob es gerade aufgewacht wäre.

Als ob es hungrig wäre.

13

Elena konnte sich nicht erinnern, dass sie sich bewegt hätte.

In einem Moment kam Luca auf sie zu, das Messer glänzte in seiner ausgestreckten Hand, seine Stimme war ruhig und geduldig, als würde er einem kleinen Kind etwas erklären.

Im nächsten Moment rannte sie.

Ihre Stiefel trommelten auf den Stein, das Geräusch hallte durch die Dunkelheit, als sie von ihm weg in Richtung der gewundenen Gänge jenseits der Höhlenerweiterung flüchtete.

Luca rief ihr nicht nach.

Schrie nicht.

Er seufzte nur einfach.

Als hätte er genau das erwartet.

Als hätte er gewusst, wie es enden würde.

Und dann, Schritte.

Leise. Gemessen.

Luca folgte ihr.

Aber das Geräusch kam nicht von hinten.

Es kam von überall um sie herum.

Als ob die Wände selbst laufen würden.

Und unter ihr...

atmete die Grube.

Elena schlängelte sich durch die sich verzweigenden Tunnel, wobei die Taschenlampe in ihrem Griff wild hin und her hüpfte.

Ihre Hände brannten von dem Seil, ihre Muskeln schmerzten vom Abstieg.

Aber sie konnte nicht, nein, durfte nicht anhalten.

Nicht jetzt.

Nicht, als sie spürte, wie das Schwarze Dunkel erwachte.

Die Luft war erfüllt von Geflüster, das aus dem Stein aufstieg und gegen ihren Schädel klopfte wie Fingernägel auf Glas.

„Elena...“

Sie biss die Zähne zusammen.

„Elena, es ist alles in Ordnung.“

Sie kannte diese Stimme.

Cătălina.

Nicht echt. Nicht echt.

Sie griff in ihre Tasche, ihre Finger schlossen sich um das Tagebuch.

Das letzte, was ihre Schwester geschrieben hatte.

„Wenn man zu lange zuhört, fangen sie an, zurückzulauschen.“

Elena hörte auf zu laufen.

Ihre Brust hob sich.

Ihr Herz schlug gegen ihre Rippen wie eine Warntrommel.

Denn sie wusste...

Sie konnte dem Ganzen nicht davonlaufen.
Sie musste es beenden.

Ihr Verstand arbeitete schnell.
Es hatte schon früher Rituale gegeben.
Die Mönche von Mănăstirea Neagră hatten
versucht, die Opferungen zu beenden.
Die Dorfbewohner von Valea Nair hatten immer
versucht, die Finsternis durch Fütterungen bei
Laune zu halten.
Aber Cătălina...
Cătălina hatte versucht, den ewigen Kreislauf zu
durchbrechen.
Sie hatte gefühlt, dass sie es beenden müsse.

Elena blätterte in dem Tagebuch ihrer Schwester,
ihre Finger zitterten, als sie die Seiten überflog,
ihre Augen brannten vor Erschöpfung.
Und dann...
Da stand etwas.
Eine Passage, eingekreist in roter Tinte.
„Eine geöffnete Tür muss geschlossen werden. Ein
vergebener Name muss zurückgenommen
werden."
„Das Nichts ist nur stark, wenn man sich daran
erinnert."
Ihr Atem stockte.
Das ergab einen Sinn.
Das Nichts verzehrte nicht nur Menschen.

Es verschlang ihre Geschichten.

Es war nur so real wie alle die Namen, die es sich holte.

Sie griff nach ihrem Messer.

Zeichnete eine Linie in ihre Handfläche.

Und dann, mit zitternden Händen, drückte sie ihre blutigen Finger auf den Stein.

Und flüsterte.

„Du bist vergessen."

Die Dunkelheit schrie auf.

Die Luft bebte.

Die Höhle bebte.

Elena fiel auf die Knie, als eine Welle von Lauten durch die Tunnel rollte, tausend Stimmen schrien vor Schmerz, vor Wut, vor Angst.

Der Stein unter ihr knackte und spaltete sich wie die Kruste auf einer Wunde.

Und aus dem tiefen Inneren der Grube...

begann sich eine Gestalt, ein Gewimmel zu erheben.

Kein Körper.

Kein Mensch.

Eine Masse von sich verändernden Gesichtern, verschwommen und verdreht, mit weit aufgerissenen Mündern gefangen in stummer Qual.

Die sechs Opfer.

Waren immer noch hier.

Immer noch gefangen.

Aber dann...

Eines der Gesichter wandte sich ihr zu.

Und Elena spürte, wie ihr der Atem aus dem Körper wich.

Denn sie erkannte diese Augen.

Sogar durch die Verzerrung hindurch.

Sogar durch die endlose Verschiebung.

Cătălina.

Ihre Schwester war immer noch da unten.

Sie war immer noch ein Teil von ihm.

Immer noch nicht frei.

Die Grube bebte, die Dunkelheit kräuselte sich wie die Oberfläche einer Flüssigkeit, der Stein ächzte unter ihren Füßen.

Sie musste das Ganze zu Ende bringen.

Sie drückte beide Hände auf den Boden, ihr Blut sickerte in den Stein, und sie sprach die Worte erneut.

„Du bist vergessen."

Das Dunkel schrie.

Und dieses Mal...

Die unendliche Finsternis begann zu sterben.

Die Gesichter rissen auseinander, ihre Münder öffneten sich zu einem letzten, stummen Schrei.

Die Höhle begann zu kollabieren.

Die Wände erbebten und zersprangen, Staub und Stein regneten auf sie herab.

Aber trotz alledem behielt Elena ihre Augen auf

Cătălina gerichtet.

Der Mund ihrer Schwester bewegte sich, doch es kamen keine Worte heraus.

Aber Elena verstand.

„Lauf."

Und das tat sie auch.

14

Elena rannte.

Die gesamte Höhle bebte um sie herum, und die Luft vibrierte mit dem sterbenden Wimmern der Finsternis.

Die Stimmen - hunderte, vielleicht tausende - schrien in ihrem Kopf, krallten sich an ihre Gedanken und versuchten einige davon festzuhalten, auch wenn das Ritual sie auflöste.

„Wir erinnern uns! Wir erinnern uns!"

Sie flehten.

Nicht, um gerettet zu werden.

Um zu existieren.

Aber sie hielt nicht inne.

Konnte es nicht.

Der Tunnel stürzte ein, nasse Steinbrocken lösten sich von der Decke und schlugen auf dem Boden auf. Die verdorbene Luft war voller Staub und dem scharfen, metallischen Geruch von altem Blut.

Die Höhle, das Nichts löste sich auf.

Und irgendwo in der Dunkelheit war Luca immer noch hier unten.

Sie suchte nicht nach ihm.

Jedenfalls nicht am Anfang.

Er hatte sie hierher geführt, oder etwa nicht?

Er hatte ihr seine Lügen zugeflüstert, sie an der

Hand genommen und sie direkt in das Maul des Monsters geführt.

Wenn er unter einem der herabstürzenden Felsen gefangen war, dann war das vielleicht Gerechtigkeit.

Aber dann...

"Elena!"

Seine Stimme.

Echt. Menschlich. Verzweifelt. In Todesangst.

Sie kam von irgendwo hinter ihr und wurde vom kreischenden Todesröcheln der schwarzen Leere fast verschluckt.

Sie hörte auf zu rennen.

Sie drehte sich um.

Luca lag halb begraben unter einem Haufen zerbröckelter Felsen, sein Bein in einem falschen, unnatürlichen Winkel verdreht. Seine Hände krallten sich kraftlos in den Boden, sein Gesicht war schweißnass und die Angst auf jeden Fall real.

Sie zögerte.

Ein schrecklicher, bitterer Teil von ihr flüsterte.

Lass ihn verrotten.

Aber ihre Füße bewegten sich bereits.

Elena wühlte sich durch die Trümmer, ihre Finger rutschten von den staubigen Steinen ab.

Luca stieß einen scharfen Schmerzenslaut aus, als sie ihn herauszog, sein Gesicht verzerrte sich.

„Warum hilfst du mir?", röchelte er.

„Weil ich nicht so bin wie du."

Sie hängte sich seinen Arm über die Schultern und trug ihn halb, halb zog sie ihn vorwärts.

Der Tunnel stürzte schnell und immer schneller ein.

Und gerade als sie das letzte Stück Felsen erreichten...

Ein tiefes, furchtbares Stöhnen schallte durch die Höhle.

Nicht von den Wänden.

Nicht von der Grube.

Es kam von etwas, das noch nicht gestorben war.

Elena drehte ihren Kopf.

Und sah es.

Das letzte Stück des großen Hohlraums.

Das Ding, das immer im Kern gelauert hatte, schon vor den Opfern, vor den Dorfbewohnern, bevor Mara Drăculeşti ihren Fluch geflüstert hatte.

Es war keine Gestalt.

Nicht wirklich.

Es war eine sich verändernde Abwesenheit, etwas, das nicht hätte existieren dürfen, nicht hätte gesehen werden dürfen.

Und doch nun sah dieses Ding genau in ihre Augen.

Oder sogar durch sie hindurch.

Und es lächelte.

Bei seinem Anblick fiel sie beinahe auf die Knie.

Die Schwärze kräuselte sich wie ein Körper aus bewegtem Wasser, Gesichter formten sich und lösten sich in der Tiefe auf.

Die sechs vor ihr.

Ihre verschwommenen, gebrochenen Gesichtszüge flackerten auf und ab, ihre Münder verzogen sich zu lautlosen Schreien.

Und unter ihnen...

Etwas Größeres.

Etwas, das wartete.

Elena spürte, wie ihr eigener Atem stockte, die Luft war zu dick, zum Schneiden, der Druck hinter ihren Augen schwoll an, als würde ihr Schädel gleich aufplatzen.

„Du kannst nicht wiederherstellen, was nie ganz war."

Die Worte wurden nicht gesprochen.

Sie setzten sich in ihrem Kopf fest, setzten sich in ihrem Schädel fest wie ein Brandzeichen, etwas, das schon immer da war und darauf wartete, erinnert zu werden.

Und plötzlich...

verstand sie.

Das Nichts war nicht am Sterben.

Es häutete sich.

Es entwickelte sich weiter.

Und sie war immer noch ein Teil des Nichts.

Elena zwang sich selbst, sich zu bewegen.

Den Blick abzuwenden.

Luca vorwärts zu ziehen, Schritt für Schritt, selbst als der letzte Schrei des Dunklen Lochs die Erde um sie herum erschütterte.

„Sieh dich nicht um."

„Hör nicht hin."

Sie erreichten die Basis des Brunnens - das Seil war immer noch da und schwang wild.

Elena hielt sich fest und stützte sich ab.

„Klettern." Wie ein Befehl an ihn.

Luca zitterte, sein Gesicht war schmerzverzerrt, aber er kletterte zuerst.

Das Seil knarrte, reckte sich. Staub regnete von den bröckelnden Steinwänden herab.

Elena folgte ihm.

Hand über Hand.

Ein Fuß, dann der nächste.

Das dunkle Monster hinter ihr, unter ihr, schrie jetzt, aber es war ein anderes Geräusch.

Nicht Wut.

Nicht Schmerz.

Erkenntnis.

„Du warst schon einmal hier, Elena."

Ihr Atem ging stoßweise.

Sie verlor fast den Halt.

Denn das Schlimmste war...

Sie war sich nicht sicher, ob es eine Lüge war.

Und dann...
Dann, endlich...
Sie erreichten die Oberfläche.
Und das Nichts verschluckte sich an sich selbst.

15

Elena schlug hart auf dem Boden auf, der Atem
wurde ihr aus der Lunge gepresst.
Einen Moment lang lag sie einfach nur da, die
Brust hob sich, die Finger krallten sich in die nasse
Erde. Der Geruch von feuchter Erde und
verrottenden Blättern stieg ihr in die Nase und
holte sie endlich in die reale Welt zurück.
Sie hatte es geschafft.
Sie beide hatten es geschafft.
Die Nacht dehnte sich über ihnen aus, kalt und
gleichgültig, der Himmel tiefschwarz und mit
Sternen gesprenkelt.
Zum ersten Mal seit einer gefühlten Ewigkeit
konnte sie nichts hören.
Kein Flüstern.
Kein Atmen.
Kein Summen von etwas, das unter der Erde
wartete und sich gegen die Haut der Welt drückte
wie ein Wesen, das unter Eis gefangen war.

Nur der Wind in den Bäumen.
Die drohende Leere war verschwunden.
Oder zumindest hatte sie sich selbst verschlossen.
Jedenfalls für den Moment.

Luca lag ein paar Meter entfernt und stöhnte, als er
versuchte, sich aufzusetzen. Sein Bein war immer
noch in einem unnatürlichen Winkel abgewinkelt,
sein Gesicht blass vor Schmerz.
Lange Zeit sprach keiner der beiden.
Dann, mit vom Schreien heiserer Stimme, stieß
Luca ein ersticktes Lachen aus.
„Du hast es geschafft."
Elena drehte ihren Kopf zu ihm, die Hände immer
noch im Dreck vergraben.
„Habe ich das?"
Lucas Mund zuckte, als wolle er etwas sagen -
etwas, das als Trost durchgehen könnte -, aber er
tat es nicht.
Denn sie kannten beide die Wahrheit.

Das Nichts war nicht verschwunden.

Es hatte sich nur verändert.
Und es hatte sie fürs Erste gehen lassen.
Nicht, weil sie beide es besiegt hatten.
Sondern weil es sie jetzt gerade nicht mehr
brauchte.

Langsam stand sie auf, ignorierte, wie ihre Muskeln protestierend aufschrien.

Der Brunnen war immer noch da und befand sich still auf der Lichtung. Wie schon immer.

Aber etwas war anders.

Der Stein sah ... anders aus.

Die eingemeißelten Ränder waren verschwommen, wie ein unscharfes Foto, und die Form veränderte sich leicht, wenn sie ihn zu lange ansah.

Eine Narbe im Land.

Ein Ort, an dem etwas gewesen war und immer noch war.

Sie dachte an Cătălina.

Daran, wie das Gesicht ihrer Schwester in den Tiefen der Höhle geflackert hatte.

Sie dachte an das letzte Flüstern, das sich wie ein Wurm in ihren Schädel kroch.

„Du bist schon einmal hier gewesen, Elena."

Ein Schauder kroch ihr den Rücken hinauf.

Denn was, wenn es stimmte?

Was, wenn sie schon immer ein Teil von all dem gewesen war?

Sie wandte sich ab.

Ihre Stiefel knirschten auf den frostbedeckten Blättern, als sie auf Luca zu humpelte, ihr Atem war eine weiße Fahne in der eisigen Luft.

„Komm schon", murmelte sie. „Wir müssen weiter."

Luca stieß ein schmerzerfülltes Lachen aus und sah auf sein zerschundenes Bein hinunter.

„So schnell geht das nicht."

Sie ignorierte ihn und zog seinen Arm über ihre Schultern. Er stöhnte schmerzerfüllt, ließ es aber geschehen.

Gemeinsam taumelten sie vorwärts und ließen den Brunnen hinter sich.

Sie blickte nicht zurück.

Kein einziges Mal.

Und die Bäume schlossen sich hinter ihnen.

Als ob das drohende Nichts nie da gewesen wäre.

16

Sie gingen, bis die Sonne über dem Horizont
erschien.
Oder zumindest Elena konnte gehen.
Luca zog sich mit ihrer Hilfe halb humpelnd, halb
schleppend vorwärts, sein Körper schwer und
zitternd an ihrer Schulter. Sein Atem ging rasend
schnell, sein Bein war verdreht und zertrümmert,
der Schmerz sicherlich überwältigend.
Aber er beklagte sich nicht.
Er verfluchte sie nicht.
Er sprach überhaupt nicht.
Vielleicht weil er wusste, dass er das verdient
hatte.
Oder vielleicht, weil er einfach nur Angst hatte.
Er hatte Angst, dass das Nichts ihn hören könnte,
wenn er sprach. Sie erreichten das Dorf, als sich
der Himmel grau färbte und die ersten zarten
Sonnenstrahlen durch den Bodennebel und durch
die skelettartigen Bäume brach.
Valea Nair sah noch genauso aus wie vorher.
Zu sehr unverändert. Die Häuser lehnten sich
immer noch aneinander, krumm und schief, ihre
Dächer bogen sich unter dem Gewicht der
Jahrhunderte. Die Straßen waren leer, die Luft war
ruhig.
Und doch stimmte etwas nicht.

Erst als sie die ersten Grundstücke und Häuser des Dorfes erreichten, erkannte Elena, was es war.

Der Geruch.

Die Fäulnis war verschwunden.

Dieser allgegenwärtige Gestank von feuchtem Holz, Schimmel und etwas Unangenehmeren, etwas, das unter der Erde verfaulte.

Der Geruch war verschwunden.

Als ob die Stadt sauber geschrubbt worden wäre.

Als hätte man ihr den jahrhundertealten Geruch genommen.

Luca spürte es auch.

Er richtete sich leicht gegen sie auf, seine Finger griffen nach ihrem Arm.

„Es ist zu still."

Elena antwortete nicht.

Denn er hatte recht.

Die Luft fühlte sich dünn und frisch an, wie ein Bühnenbild vor der Ankunft des Publikums.

Als ob etwas darauf warten würde, dass die Show beginnt.

Das Gasthaus war verlassen.

Kein Kerzenlicht flackerte hinter den Fenstern.

Kein Geräusch von drinnen.

Nur eine leere Hülle.

Dumitru Ionescu - der Gastwirt, der ihr den Schlüssel gegeben und sie vor Schlössern gewarnt

hatte, die nicht alles fernhalten - war
verschwunden.

Nicht nur vermisst oder so.
Er war einfach nicht vorhanden.
Als hätte er nie existiert.
Elena spürte, wie sich ihr Magen zusammenzog.
„Sie haben ihn mitgenommen."
Luca schüttelte den Kopf, sein Gesicht blass vor
Erschöpfung.
„Nein. Sie haben den ganzen verdammten Ort
mitgenommen."

Die Straßen waren menschenleer.
Keine Anzeichen von Leben. Keine Anzeichen
eines Kampfes.
Die Häuser waren fest verschlossen, die Türen
verriegelt, die Fenster verhangen, als würden die
Gebäude selbst erblindet sein.
Elena führte Luca in Richtung des Hauses ihrer
Kindheit, ihr Puls pochte in ihren Ohren.
Sie hätte nicht so viel Angst haben dürfen.
Das Nichts war weg, nicht wahr?
Oder etwa doch nicht?
Sie stieß die Eingangstür auf.
Das Innere war anders.
Nicht so, wie sie es erwartet hatte, nicht
durchwühlt, nicht zerstört.
Nein, es war sauber.

Steril beinahe.

Als hätte hier nie jemand gelebt.

Die Möbel waren verschwunden.

Der Staub war weg.

Und ein paar von Cătălinas Notizen, die sie neben dem Tagebuch gefunden und auf dem Küchentisch liegen gelassen hatte, bevor sie zum Brunnen gegangen war:

verschwunden.

Elena schluckte das ungute Gefühl hinunter, das ihre Kehle hinaufkroch.

Ihre Stimme war fest, als sie sprach.

„Wir müssen hier weg."

Luca widersprach nicht.

Er fragte nicht, warum.

Vielleicht, weil auch er etwas spüren konnte. Oder er wusste einfach Bescheid.

Irgendetwas war noch hier.

Nicht das Nichts.

Etwas anderes.

Etwas, das immer noch wartete.

Sie traten nach draußen.

Und da entdeckte Elena ihn.

Einen einzelnen Umschlag, der ordentlich auf dem Boden vor der Tür lag.

Ihr Magen krampfte sich zusammen.

Luca sah ihn ebenfalls.

Er versteifte sich neben ihr.

„Fass ihn nicht an", murmelte er.

Aber Elena war schon in Bewegung.

Sie griff bereits danach.

Sie las bereits ihren eigenen Namen, geschrieben in einer eleganten, geschwungenen Schrift.

Elena Vasile.

Ihre Finger zitterten, als sie ihn umdrehte.

Das Wachssiegel war unversehrt.

Ein Symbol war eingedrückt.

Eine einzige, ununterbrochene Linie.

Ein Auge.

Ihr Puls rauschte in ihren Ohren.

Weil sie genau dieses schon einmal gesehen hatte.

Nicht hier.

Nicht in Valea Nair.

Zu Hause.

In Bukarest.

Auf dem ersten Brief.

Der, der sie überhaupt erst hierher zurückgebracht hatte.

Der Kreis hatte sich geschlossen.

Ihr eigener Atem fühlte sich an, als ob er nicht mehr der ihre wäre.

Mit zitternden Händen riss sie den Umschlag auf und las den Brief.

Und dann, einfach so...

überkam sie ein Schwindel und die Welt kippte zur Seite.

17

Die Worte auf dem Blatt ergaben keinen Sinn.
Elena las sie einmal.
Zweimal.
Ein drittes Mal.
Und doch entglitten sie ihr in dem Moment, in dem sie versuchte, sie festzuhalten, wie Wasser rannen die Worte durch ihre Finger.
Es war ihre Handschrift.
Nicht ähnlich. Nicht sehr ähnlich.
Es war ihre.
Eiskaltes Grauen kroch ihr in den Magen.
Sie zwang sich, die Worte noch einmal zu lesen.
„Cătălina ist noch hier. Komm nach Valea Nair. Sie rufen aus der Finsternis."
Ihr Atem ging stoßweise.
Denn genau diese Worte hatte sie schon einmal gelesen.
Sie hatte diesen Brief schon einmal in der Hand gehabt.
Nur war er beim letzten Mal in ihre Wohnung in Bukarest geliefert worden.

Der Brief, der sie hierher gebracht hatte.
Der Brief, den sie nie geschrieben hatte.
Und doch war er hier.
Perfekt versiegelt. Unangetastet.
Als wäre er nie geöffnet worden.

Die Welt bebte unter ihren Füßen.
Sie stolperte zurück und hätte beinahe den Brief
fallen lassen.
„Nein. Nein, nein, nein."
Das war nicht real.
Das konnte es nicht real sein.
Sie grub ihre Nägel in ihre Handfläche und
versuchte, ihren Atem zu beruhigen, aber die
Wände ihres Elternhauses fühlten sich jetzt
bedrückend an.
Beklemmend.
Als stünde sie in einer Erinnerung, die nicht zu ihr
gehörte.
Ein Traum, aus dem sie gleich erwachen würde.
Lucas Stimme durchbrach das Rauschen in ihrem
Kopf.
„Elena ...?"
Sie drehte sich zu ihm um, ihr Puls hämmerte.
Und Elena gefror.
Luca starrte sie an.
Nein, an ihr vorbei.
Sein Gesicht war blass geworden, seine Augen

waren auf etwas hinter ihr gerichtet.
„Was?", krächzte sie. „Was ist es?"
Aber er antwortete nicht.
Denn Luca sah sie nicht mehr an.
Er starrte den Spiegel an.

Elena wollte sich nicht umdrehen.
Tief in ihrem Innern wusste sie, dass sie den
Spiegel nicht sehen wollte.
Aber sie drehte sich dennoch um.
Denn wie hätte sie sich dem widersetzen können?
Der Spiegel stand an der gegenüberliegenden
Wand, genau dort, wo er immer gestanden hatte.
Das Glas war alt, verzogen, vom Alter befleckt.
Aber das Spiegelbild...
Das Spiegelbild war falsch.
Ja, Elena war da.
Sie stand genau da, wo sie sein sollte.
Aber ihr Spiegelbild bewegte sich nicht.
Es atmete nicht.
Es sah einfach nur zu.
Ein kaltes Gewicht ließ sich in ihrem Bauch
nieder.
Sie hob die Hand.
Und das Spiegelbild blieb ganz still.

„Luca", flüsterte sie.
Aber er war schon in der Rückwärtsbewegung.
Denn das Spiegelbild war nicht allein.

Etwas anderes stand in dem Glas.
Eine Gestalt direkt hinter ihr, unscharf an den
Rändern, als sei sie aus dem Hintergrund einer
verblichenen Fotografie gezogen worden.
Groß.
Dünn.
Wartend.
Und dann, an der Stelle, wo ihr eigener Mund hätte
sein sollen...
lächelte das Ding.

Der Raum kippte.
Die Luft wurde Blei dick und heiß und drückte
gegen ihre Rippen wie eine sich
zusammenziehende Faust.
Sie taumelte zurück, weg vom Spiegel, weg von
dem Ding, das wie sie aussah, aber nicht sie war.
Das Lächeln wurde breiter.
Und dann...
Das Spiegelbild blinzelte.
Zu spät.
Nur den Bruchteil einer Sekunde verzögert,
nachdem sie es getan hatte.
Elena drehte sich der Magen um.
Ihre Hände ballten sich zu Fäusten, ihre Nägel
bohrten sich in ihre Handflächen, denn dies alles
konnte nicht wahr sein.
Das war ein Trick.

Ein weiteres Spiel.

Das musste es sein.

Aber dann bewegte sich das Spiegelbild.

Nicht nur ein Zucken.

Nicht nur ein Zittern.

Es trat vor.

Ein einzelner, bedächtiger Schritt, als ginge es auf das Glas zu.

Auf sie zu.

Und dann, so leise, dass sie es fast nicht hörte...

Das Wesen lachte.

„Elena, raus hier!"

Lucas Stimme riss sie aus der Trance.

Sie taumelte nach hinten, gerade als der Spiegel zerbrach.

Nicht durch eine Explosion von Glas.

Nicht auf eine normale, natürliche Weise.

Die Risse breiteten sich vom Gesicht des Spiegels aus, dunkel und zerklüftet, verzweigt wie Adern.

Und in diesem Moment...

hörte das Spiegelbild auf zu lächeln.

Sein Mund öffnete sich.

Nicht zu einem Schrei.

Nicht aus Zorn.

Aus Hunger.

Und aus den Tiefen des zersplitterten Glases hallte

eine Stimme zu ihr zurück.

„Du bist gleich zu Hause, Elena."

Und dann...
ging das Licht aus.

18

Die Dunkelheit verschluckte alles.
Es war nicht die Art von Dunkelheit, die eintritt,
wenn die Sonne untergeht oder eine Glühbirne
durchbrennt. Diese war viel intensiver.
Verschlingender.
Sie hatte Gewicht.
Sie war fast greifbar.
Elena spürte, wie sie sich auf ihrer Haut niederließ
und sich wie etwas Lebendiges um ihre Glieder
legte.
Sie konnte Luca nicht sehen.
Konnte den zerbrochenen Spiegel nicht sehen.
Aber sie konnte immer noch hören.
Kein Geflüster.
Nicht den Wind.
Sondern etwas anderes.
Etwas... das sich bewegte.
Das Geräusch von nackten Füßen auf dem

Holzboden.

Langsam.

Bedächtig.

Das Geräusch kam näher.

Sie hielt den Atem an und zwang sich, ganz ruhig zu bleiben.

Denn was auch immer bei ihnen im Raum war...

Es hatte sie noch nicht gefunden.

Das Geräusch verstummte.

Elenas Puls hämmerte in ihren Ohren.

Sie wusste, dass sie sich bewegen musste, dass sie raus musste, aber sie hatte Angst.

Sie hatte Angst, dass das Ding in dem Moment, in dem sie einen Schritt machte...

Sobald sie ein Geräusch machte...

dass das Ding in der Dunkelheit seinen Kopf zu ihr drehen würde.

Und lächeln würde.

Kalter Schweiß rann ihr den Rücken hinunter.

Und dann, von der anderen Seite des Raumes...

„Elena?"

Luca.

Seine Stimme war tief, unsicher.

Und noch schlimmer.

Es war zu nah an dem Klang des Dings, das ihre Stimme im Brunnen benutzt hatte.

Elena biss die Zähne zusammen.

„Luca?", flüsterte sie zurück.

Keine Antwort.

Und plötzlich war sie sich nicht mehr sicher, mit wem sie überhaupt gesprochen hatte.

Ein Licht flackerte.

Nicht von der zerbrochenen Lampe.

Nicht vom Mond draußen.

Ein blassblauer Schein, der an den Wänden schimmerte wie das Licht auf der Oberfläche von tiefem Wasser.

Elena drehte sich zu ihm um und blinzelte schnell, um ihre Sicht zu verbessern.

Das Leuchten kam vom Boden.

Genauer gesagt...

Von den Seiten eines alten Buches.

Sie machte einen langsamen, zögernden Schritt nach vorn.

Die staubbedeckten Bretter knarrten unter ihr, und sie schwor sich, dass sie hörte, wie sich etwas hinter ihr bewegte.

Aber sie sah nicht hin.

Sie wagte es nicht.

Sie kniete neben dem Buch, ihre Finger strichen über die brüchigen, vergilbten Seiten.

Eine Karte.

Von Hand gezeichnet.

Markiert mit Symbolen, die sie nicht erkannte.

Die Linien reichten weit über Valea Nair hinaus.

Über Rumänien hinaus.

Über alles hinaus, was sie je gekannt hatte.

Und in der Mitte der Karte...

Ein einziges Wort, mit dunkler Tinte hin gekritzelt.

„Uitare."

Vergiss.

Sie blätterte die Seite um.

Der Atem blieb ihr im Hals stecken.

Denn am unteren Ende der Karte...

Es gab eine Liste mit Namen.

Dutzende von ihnen.

Vielleicht Hunderte.

Einige waren durchgestrichen.

Einige halb verblasst, als wären sie aus der Geschichte selbst gelöscht worden.

Und am Ende der Liste...

stach ein Name hervor.

Elena Vasile.

Ihre Hände wurden eiskalt.

Die Tinte war frisch.

Nass.

Als hätte jemand erst vor wenigen Augenblicken ihren Namen geschrieben.

Sie atmete langsam aus, ein zitternder Atemzug, der es kaum über ihre Lippen schaffte.

„Nein", flüsterte sie. „Nein, nein, nein."

Denn dies war keine Liste von Opfern.
Es war eine Liste von möglichen Ersatzleuten.
Und Elena war die Nächste.

19

Die Tinte auf der ganzen Seite war noch nass.
Elena starrte auf ihren Namen, frisch geschrieben,
als hätte jemand gerade die Feder aufs Papier
gedrückt, als hätte das Universum selbst
beschlossen, sie in seine Aufzeichnungen über die
Vergessenen einzutragen.
In dem Moment, in dem sie blinzelte, schienen die
Buchstaben zu verschwimmen, sich an den
Rändern des Blattes zu verschieben, als würden sie
... schmelzen.
Nein, nicht schmelzen.
Verblassen.
Umgeschrieben werden.
Sie schluckte schwer.
Ihr Puls pochte in ihren Ohren, ein tiefes, hohles
Klopfen, das sich zu langsam anfühlte.
Zu weit weg.
Sie presste ihre Handfläche gegen den Holzboden,
um sich zu erden, und versuchte, die Übelkeit, die
in ihrem Magen aufstieg, zu verdrängen.

„Das ist nicht wahr", flüsterte sie. „Das ist nicht real."
Dann...
Ein Geräusch.
Zuerst leise.
Schwach.
Wie wenn Papier zerrissen wird, immer und immer wieder.
Und als sie wieder nach unten sah...
war ihr Name verschwunden.

Das Buch klappte zu.
Nicht durch ihre Hand.
Der Buchdeckel tat es von selbst.
Als hätte das Buch seinen Auftrag beendet, das was es zu tun hatte.
Als hätte es sich genommen, was es wollte.
Elena zuckte zusammen, stürzte nach hinten und warf dabei einen Stuhl um. Die Beine scharrten auf dem Boden, ein scharfes, schrilles Geräusch in der Stille.
Sie nahm es kaum wahr.
Denn die Luft im Raum hatte sich verändert.
Sie fühlte sich ... dünner an.

Als ob weniger von ihr darin wäre.
Als ob etwas weggeschnitten worden wäre.
„Luca?", röchelte sie.
Keine Antwort.

Sie drehte sich um - ihr Herz hämmerte.
Und ihr Atem blieb ihr im Hals stecken.
Luca starrte sie an.
Nicht aus Angst.
Nicht in Verwirrung.
Sondern mit ausdruckslosem Blick.

Elenas Haut prickelte.
Irgendetwas an seinem Gesicht, die Art, wie er sie
ansah, die Art, wie sich seine Stirn in Falten legte,
als ob er nach einer Erinnerung suchte, die
unerreichbar war.
Eine Erinnerung an sie.
Sie trat einen Schritt vor.
„Luca."
Sein Mund öffnete sich.
Dann schloss er sich wieder.
Sein Blick glitt über ihr Gesicht, ihre Kleidung,
das Buch in ihren Händen - und doch sagte er
nichts.
Eine tiefe, schreckliche Kälte kroch in ihre Brust.
„Luca, ich bin es."
Er runzelte leicht die Stirn, seine Finger kringelten
sich um die Hüften.
Dann, leise, zögernd,
„Wer?"

Elena erstarrte.
Ihr Atem stockte auf halbem Weg in ihrer Kehle.

"Nein."

Nein, nein, nein!

Er wollte sich mit ihr angelegen, sie ärgern.

Bestimmt.

Sie trat näher, ihre Hände zitterten, und ihr Kopf
schüttelte noch stärker.

"Tu das nicht."

Sein Blick blieb ausdruckslos.

Verwirrt.

Entfernt.

Als sähe er einen Fremden an.

"Elena", würgte sie hervor. "Sag meinen Namen."

Luca zögerte.

Seine Lippen öffneten sich -

und dann, nach einer langen, schrecklichen Pause,

"Ich... ich kenne dich nicht."

Die Worte trafen sie wie ein körperlicher Schlag.

Ihre Knie knickten fast ein.

Ihr Magen verdrehte sich zu einem kleinen, festen,
unerträglichen Etwas.

Dies war alles falsch.

Das war so viel schlimmer als das Nichts.

Sie konnte mit Monstern kämpfen.

Sie konnte Flüche überlisten.

Aber das hier,

das war Auslöschung.

Und das Schlimmste war, dass
sie bereits spüren konnte, wie das Vergessen sich
ausbreitete.
Luca war seit Tagen mit ihr zusammen gewesen.
Er war an ihrer Seite gelaufen.
Wäre fast mit ihr gestorben.
Und jetzt... jetzt war sie eine Fremde.
Wie lange würde es dauern, bis das Vergessen alle
anderen erreichte?
Ihren Lektor.
Ihre Freunde.
Die Leute zu Hause.
Ihr eigenes Spiegelbild.
Elena taumelte zur Tür, kaum in der Lage zu
atmen, kaum in der Lage zu denken.
Sie musste hier raus.
Sie musste einen Beweis dafür finden, dass sie
wirklich existierte.
Sie musste jemanden finden - irgendjemanden -
der sich noch an sie erinnerte.
Und als sie durch die leeren Straßen von Valea
Nair stolperte, das Herz gegen die Rippen
schlagend, blieb ihr nur ein Gedanke.
Ein Gedanke, der sich in ihrem Kopf wie eine
kaputte Schallplatte wiederholte.
"Wie bekämpft man etwas, das nicht mehr weiß,
dass man existiert?"

Elena rannte.

Durch die leeren Straßen, vorbei an den verlassenen Häusern, vorbei an der Kirche, deren Glocke keinen Klöppel hatte, aber manchmal trotzdem läutete.

Sie wusste nicht, wohin sie lief.

Es war ihr auch egal.

Sie wusste nur, dass sie jemanden finden musste.

Jemanden, der sie noch kannte.

Jemanden, der sie noch sah.

Denn wenn Luca sie schon vergessen hatte...

wie lange würde es dann dauern, bis der Rest der Welt sie auch vergessen hatte?

Wie lange, bis sie ganz verschwunden war?

Der Gedanke daran jagte ihr einen heftigen, unangenehmen Angstschweiß auf die Stirn.

Sie drückte das Tagebuch fest an ihre Rippen, ihr Atem ging rasend schnell, ihre Sicht war wie in einem Tunnel.

Das Nichts hatte jahrhundertelang Namen verschlungen.

Und jetzt würde es auch ihren verschlingen.

Sie erreichte das Gasthaus.

Oder das, was einmal das Gasthaus gewesen war.

Die Fenster waren dunkel. Die Türen waren geschlossen.

Elena zögerte.

Eine Stimme in ihrem Hinterkopf flüsterte, geh nicht hinein.

Aber wo sollte sie sonst hingehen?

Sie stieß die Tür auf.

Und das erste, was ihr auffiel, war der Spiegel.

Der Spiegel hinter der Bar.

Derjenige, in dem sie vor Tagen ihr eigenes Spiegelbild hatte lächeln sehen.

Doch jetzt…

jetzt gab es kein Spiegelbild mehr.

Das Glas war leer.

Nur der Raum.

Nur die staubbedeckten Flaschen.

Nur der leere Raum, in dem sie hätte zu sehen sein sollen.

Ihre Kehle schnürte sich zu.

Sie hob eine zitternde Hand.

Wedelte mit ihr vor dem Glas herum.

Nichts.

Ihr Atem ging schneller.

Nein, nein, nein.

Sie drehte sich um - verzweifelt -

und sah das aufgeschlagene Buch auf dem Tresen liegen.

Die Gästeliste. Die Namen aller, die jemals eingecheckt hatten.

Elena stürzte nach vorne und blätterte die Seiten
um.
Scannte.
Suchte.
Und als sie zu ihrem eigenen Namen kam,
sah sie, wie die Tinte verschwand.
Buchstabe für Buchstabe.
Wort für Wort.
Das letzte Stück von ihr löste sich in Nichts auf.
Und dann, aus den Schatten hinter ihr,
eine Stimme.
"Du warst nie hier."

Elena wirbelte herum.
Der Raum war leer.
Aber sie konnte es spüren.
Die Präsenz.
Das Gewicht.
Das Gefühl, dass etwas anderes mit ihr im Raum
war.

Beobachtend.
Wartend.
Dasselbe Ding, das im Brunnen gesprochen hatte.
Dasselbe Ding, das ihr in der Dunkelheit
zugeflüstert hatte.
"Du warst nie hier."
Die Worte glitten ihr unter die Haut wie
Stacheldraht.

Sie griff nach dem Tagebuch, hielt es hoch wie eine Rettungsleine.

"Ich war hier", zischte sie.

"Ich erinnere mich."

Ein leises Summen erfüllte die Luft.

Zuerst ganz leise.

Dann wurde es lauter.

Ein Geräusch wie reißendes Papier.

Wie Schritte, die verschwinden.

Als ob die ganze Welt begann zu vergessen.

Und im Spiegel -

die Leere begann sich zu kräuseln.

Als würde sich etwas durchdrücken.

Als würde etwas versuchen, ihren Platz einzunehmen.

Ihr Puls schlug gegen ihre Rippen.

Sie hatte nur noch Sekunden.

Vielleicht weniger.

Sie tat das Einzige, was sie tun konnte.

Sie schnappte sich den Stift hinter der Theke, denselben, mit dem Dumitru sie vor Tagen eingetragen hatte,

und sie schrieb ihren eigenen Namen neu.

Elena Vasile.

Die Tinte sickerte in das Papier.

Und in dem Moment, als sie schrieb,

zerbrach der Spiegel. Die Wucht schleuderte sie nach hinten.

Glas explodierte in der Luft und regnete in scharfen, zerklüfteten Scherben herab.

Ein ohrenbetäubender Schrei - nicht menschlich, nicht tierisch - schallte durch das Gasthaus.

Als wäre gerade etwas zerrissen worden.

Elena schlug auf dem Boden auf, ihre Brust hob sich, ihr Herz raste wie das eines Kaninchens in einer Schlinge.

Sie blinzelte.

Sie sah auf das Gästebuch hinunter.

Ihr Name stand noch da.

Immer noch Schwarz auf Weiß.

Die Tinte hatte aufgehört zu verschwinden.

Sie war wieder real.

Aber die Luft im Raum fühlte sich immer noch irreal an.

Zu dünn.

Als wäre etwas aus ihr herausgekommen.

Oder noch schlimmer: hineingeschlüpft.

Sie zwang sich aufzustehen.

Sie hatte noch eine Sache zu tun.

Sie musste die Karte finden.

Sie musste es zu Ende bringen.

Denn hier ging es nicht mehr nur um Valea Nair.

Das hatte es nie getan.

Sie fand die Karte in Dumitru's Hinterzimmer.

Vergraben unter Stapeln von alten Unterlagen, fast

vergessen, fast verloren.

Aber in dem Moment, als sie das alte Papier sah, wusste sie Bescheid.

Sie hatte das alles schon einmal gesehen.

Nicht nur in der Höhle.

Nicht nur in dem Buch.

Auch an anderen Orten.

Die Höhle war nicht nur ein Ort.

Es waren viele Orte.

Ein Riss in der Welt, der sich seit Jahrhunderten ausbreitete.

Auf der Karte waren sie alle eingezeichnet.

Und einige von ihnen... einige von ihnen waren bereits verschwunden.

Städte. Dörfer.

Ausgelöscht.

Ihr Blut wurde kalt.

Sie fuhr mit dem Finger über die Tinte, folgte der Spur von etwas Altem, etwas Geduldigem.

Und dann sah sie es.

Ein Ort, eingekreist mit roter Tinte.

Einen Ort, den sie kannte.

Nicht in Europa.

Nicht in Rumänien.

Bukarest.

Ihr Zuhause.

Und daneben, in ihrer eigenen Handschrift, stand geschrieben:

"Du hast etwas vergessen."
Ihre Hände begannen zu zittern.
Denn das hatte sie nicht geschrieben.
Sie wusste es ganz sicher. Oder nicht?
Ein Flüstern drang durch den Raum.
Nicht von den Wänden.
Nicht von den Schatten.
Es kam aus ihrem eigenen Kopf.
"Du bist fast zu Hause, Elena."
Und das Kerzenlicht flackerte.

Als wäre gerade etwas nähergekommen.

21

Elena starrte auf die Karte.
Ihre eigene Handschrift.
Aber sie hatte die Worte nicht geschrieben.
Oder doch? Nein, noch war sie sich einigermaßen
sicher.
Ihre Finger krampften sich um den Rand des
Pergaments, die getuschten Linien zogen sich wie
Adern über die Seite. Wie Wurzeln.
Wie etwas, das wächst.
Das Kerzenlicht flackerte wieder, und das Flüstern
kam näher.

„Du bist fast zu Hause, Elena."
Sie drehte sich ruckartig um - zu ruckartig - und
der Raum schwankte.
Für den Bruchteil einer Sekunde waren die Wände
des Gasthauses gar keine Wände mehr.
Sie waren aus altem Stein.
Nass.
Atmend.
Die Höhle.

Sie drückte ihre Augen zu. Nein. Nein, nein, nein.
Die Höhle war verschwunden.
Sie war geflohen.
Oder etwa nicht?
Ein Windstoß rüttelte am Fenster, und etwas
schabte gegen das Glas.
Ein Handabdruck.
Nicht von der Außenseite.
Von drinnen.
Der Atem stockte ihr in der Kehle.
Weil es ihr Abdruck war.

Sie taumelte vom Fenster zurück, ihr eigener
blutiger Handabdruck verschmierte das Glas.
Er war vorher nicht da gewesen.
Oder etwa doch?
Das Gewicht in ihrer Brust wurde schwerer.
Die Karte zerknitterte in ihrem Griff.
Bukarest.

Mit roter Tinte eingekreist.

Ein Ort, der noch existierte.

Ein Ort, der möglicherweise nicht mehr lange existieren würde.

Etwas tief in ihrem Inneren verdrehte sich, eine Erkenntnis, die schon früher hätte kommen müssen.

In der Höhle ging es nie um Valea Nair.

Valea Nair war nur eine von unzähligen Wunden.

Und die Wunden breiteten sich aus.

Das Vergessen breitete sich immer noch aus.

Sie musste die Ausbreitung aufhalten.

Sie musste nach Hause zurückkehren.

Doch als sie sich umdrehte, um zu gehen, versperrte Luca die Tür.

Sein Gesicht war blass.

Seine Augen waren ausdruckslos.

Nicht leer, nicht verwirrt, wie zuvor, sondern etwas Schlimmeres.

Etwas Kalkulierendes.

Als hätte er sich an etwas erinnert, was sie nicht wusste.

„Du solltest nicht gehen."

Seine Stimme war ruhig. Zu ruhig.

Elenas Finger krümmten sich um die Karte, das Papier war feucht von ihren schwitzenden

Handflächen.

„Luca, beweg dich."

Er tat es nicht.

Er blinzelte nicht.

Atmete nicht.

Sein Kopf neigte sich leicht, und ein Flackern von etwas Dunklem kroch hinter seine Pupillen.

„Wenn du jetzt gehst, wird es dir folgen."

Das Gewicht in ihrer Brust zog sich zusammen.

Denn sie wusste, dass er sich nicht irrte.

Sie konnte es fühlen.

Das Nichts war nicht verschwunden.

Es hatte sich nur verändert. War noch bedrohlicher geworden.

Das Ding im Spiegel.

Das Ding, das ihren Namen flüsterte.

Es war nicht mehr in Valea Nair.

Es war bei ihr.

Sie machte einen langsamen, vorsichtigen Schritt nach vorne.

„Luca, ich muss gehen."

Er atmete durch seine Nase aus.

Sanft. Fast bedauernd.

„Ich weiß."

Dann trat er zur Seite.

Und sie rannte.

Elena fuhr durch die bewaldeten Berge, ohne anzuhalten. So schnell sie konnte.

Die kurvenreichen Straßen verschwammen zu einer langen Strecke aus Schatten und Nebel, die Bäume entlang der Straße waren hoch und skelettartig, ihre Äste krallten sich in den Himmel.

Sie erlaubte sich nicht zu denken.

Sie ließ nicht zu, dass sie fühlte.

Denn wenn sie innehielt, wenn sie ihren Verstand zur Ruhe kommen ließ, könnte sie es vielleicht hören.

Das Flüstern.

Das Ding, das mit ihr aus der Höhle gekrochen war.

Ihre Hände krampften sich um das Lenkrad.

Nur nach Hause kommen.

Einfach nur nach Bukarest kommen.

Zum nächsten Namen auf der Karte gelangen.

Dort sein, bevor es zu spät war.

Doch als das Auto durch die Dunkelheit fuhr, bewegte sich etwas im Rückspiegel.

Eine Gestalt.

Schwach.

Sie saß auf dem Rücksitz.

Elenas Atem blieb ihr im Hals stecken.

Ihre Hände verkrampften sich zu weißen Knöcheln.

Sie drehte sich nicht um.

Atmete nicht.

Blinzelte nicht.

Denn sie wusste, wenn sie es ansah, würde es lächeln.

Und das Letzte, was sie hören würde, bevor das Nichts sie ganz verschluckte,

wäre ihre eigene Stimme.

Die flüsterte:

"Willkommen zu Hause."

IST DAS JETZT DAS ENDE?

22

Elena ging nicht sofort nach Hause.

Sie sagte sich, dass sie Zeit brauchte. Dass sie nachdenken und planen musste. Dass sie sich überlegen musste, was als Nächstes zu tun sei.

Aber die Wahrheit war viel einfacher.

Sie hatte Angst.

Angst, dass sie, wenn sie durch die Tür ihrer Wohnung trat, wenn sie das Licht einschaltete, wenn sie in den Spiegel sah -

dass sie nicht da sein würde.

Dass das Ding aus der Höhle etwas Leeres in ihr

hinterlassen hatte.

Dass es mehr als nur Namen genommen hatte.

Dass es sie genommen hatte.

In der ersten Nacht zurück in Bukarest buchte sie ein Zimmer in einem billigen Hotel in der Nähe des Bahnhofs.

Sie schloss die Tür ab.

Zog die Vorhänge zu.

Sie setzte sich auf das Bett, mit dem Rücken an die Wand.

Die Karte lag ausgebreitet auf der Matratze neben ihr.

Die Orte waren mit roter Tinte markiert.

Die Orte, an denen das Nichts gewesen war.

Oder wo es hingehen würde.

Sie fuhr die Tinte mit ihren Fingerspitzen nach.

Es gab zu viele Namen.

Zu viele Orte, an denen Menschen einfach verschwunden waren, an denen die Geschichte sie verschluckt hatte.

Valea Nair war nur einer von ihnen.

Nur eine Narbe in einem Körper, der bereits voller Wunden war.

Und die größte -

war hier.

Bukarest.

Ihre Heimat.

Oder zumindest das, was davon übrig war.

Sie hatte ihr Telefon nicht mehr gecheckt, seit sie gegangen war.

Sie hatte niemanden angerufen.

Sie hatte es nicht versucht.

Denn was, wenn sie anrief und niemand antwortete?

Oder noch schlimmer:

Was, wenn sie anrief und man wüsste nicht, wer sie war?

Was, wenn sie bereits zu verschwinden begonnen hatte?

Gegen Mitternacht fasste sie endlich Mut.

Sie nahm den Hörer ab.

Scrollte durch ihre Kontakte.

Blieb bei einem bekannten Namen stehen.

Ana.

Ihre beste Freundin.

Ihr Anker in der realen Welt.

Sie drückte auf Anrufen.

Die Leitung klingelte.

Einmal.

Zweimal.

Dreimal.

Dann eine Stimme, zu hell, zu normal.

"Bună! Hier ist Ana! Tut mir leid, ich kann gerade

nicht ans Telefon kommen, hinterlasse eine Nachricht!"

Elena schloss die Augen.

Erleichterung.

Zu früh gefreut.

Denn als der Piepton der Mailbox ertönte, als sie den Mund zum Sprechen öffnete,

ertönte eine zweite Stimme aus dem Hörer.

Leise.

Fast neugierig.

"Wer sind Sie?"

Der Anruf wurde unterbrochen.

Elenas Hände wurden eiskalt.

Ihr Herzschlag verlangsamte sich.

Denn es gab eine letzte, schreckliche Erkenntnis, die ihr in die Knochen fuhr.

Das Nichts war ihr nicht nur gefolgt.

Es war bereits hier gewesen.

Und es war noch nicht fertig.

ENDE VON TEIL EINS

TEIL ZWEI

1

Elena Vasile wachte in einer Stille auf.
Nicht die angenehme Art, die Art, die den frühen
Morgen in einer Stadt bedeutete, die ihre Arme
noch nicht ausgestreckt hatte.
Nein, diese Stille war anders.
Sie hatte Gewicht.
Als wäre etwas hier gewesen und wieder
gegangen, aber dieses Etwas hatte alle Geräusche
mitgenommen.
Sie setzte sich in dem Hotelbett auf, die dünne
Matratze bewegte sich unter ihr. Die Vorhänge
waren noch zugezogen, aber sie konnte erkennen,
dass die Sonne aufgegangen war. Ein blasses
Leuchten drückte gegen die Ränder des Stoffes,
schwach, aber eindringlich, als wollte es sie daran
erinnern, dass die Zeit noch weiterlief.
Sie griff nach ihrem Telefon.
Der kleine Bildschirm war schwarz.
Tot.
Sie runzelte die Stirn und drückte mit dem
Daumen auf den Einschaltknopf. Nichts.

Keine Batteriewarnung. Kein Aufflackern von Leben. Nur tote Luft.

Ihr Magen zog sich zusammen.

Irgendetwas stimmte nicht.

Sie glitt aus dem Bett, ihre nackten Füße berührten den kalten Boden. Die Stadt draußen hätte erwachen müssen, hupende Autos, Stimmen von der Straße unter ihr, das ferne Brummen des Lebens, das von allen Seiten auf sie eindrang.

Stattdessen -

Stille.

Als wäre sie die Einzige, die noch übrig war.

Dasselbe Gefühl, das sie hatte, als sie aus der Höhle entkommen war.

Dasselbe Gefühl, das sie hatte, als Luca ihr in die Augen sah und fragte: „Wer bist du?"

Ihr Atem beschleunigte sich.

Nein. Nein, nein, nein.

Nicht schon wieder.

Mit drei schnellen Schritten durchquerte sie das Zimmer, schnappte sich ihren Mantel vom Stuhl und riss die Tür auf.

Der Flur war leer.

Sie machte einen vorsichtigen Schritt nach vorn.

Etwas fühlte sich kühler, fast zerbrechlich an.

Als wäre die Luft selbst zu straff gespannt, als könnte sie, wenn sie zu schnell ging, durch einen Spalt rutschen, der vorher nicht da war.

Die Fahrstuhltüren am Ende des Flurs standen

offen, aber das Innere war dunkel.

Unbewegt.

Tot.

Sie nahm stattdessen die Treppe.

Die Wände des Treppenhauses waren mit Graffiti beschmiert, rissig vom Alter. Sie fuhr mit den Fingern über das Metallgeländer, um sich zu erden.

Echt. Das hier ist echt.

Aber dann, als sie das Erdgeschoss erreichte...

Ein Geräusch.

Leise. Absichtlich?

Wie Papier, das gegen Holz gleitet.

Elena drehte sich um.

Und dort, gleich vorne auf dem Empfangstresen, lag ein einzelner weißer Umschlag auf dem Tresen.

Ihr Magen wurde zu Eis.

Sie wusste, was es war, bevor sie ihn überhaupt berührte.

Sie wusste, was darin stehen würde.

Ihre Finger zitterten, als sie ihn anhob, als sie ihn umdrehte.

Und als sie die Vorderseite sah, ließ sie ihn fast fallen.

Denn dieses Mal

stand ihr Name nicht drauf.

Er war leer.

Aber noch während sie starrte, begann die Tinte über das Papier zu kriechen und formte

Buchstaben, die sie schon einmal gesehen hatte.

Ihren Namen.

Nur,…

diesmal war er falsch.

Die Buchstaben waren zersplittert, verschoben sich immer wieder, als ob sie neu geschrieben würden, während sie den Namen las.

Sie blinzelte.

Und dann -

verschwanden sie.

Sie konnte sich nicht erinnern, sich bewegt zu haben.

In einem Moment stand sie noch am Empfang.

Im nächsten war sie draußen vor dem Hotel, ihr Atem kam zu schnell, zu scharf, ihr Herz hämmerte gegen ihre Rippen.

Bukarest erstreckte sich vor ihr, grau und schwer, der Morgenhimmel trüb von einem Sturm, der sich noch nicht gelegt hatte.

Die Stadt sah so aus wie immer.

Es hätte sich auch so anfühlen müssen.

Aber das tat es nicht.

Denn etwas fehlte.

Es war nicht nur die Stille.

Es war nicht nur der Brief, der sich weigerte, ihren Namen zu tragen.

Es war etwas Umfassenderes.

Etwas, das sie nicht einordnen konnte.

Noch nicht.

Sie zog ihren Mantel fester um sich und zwang
ihre Beine, in Bewegung zu kommen.

Sie musste jemanden finden - irgendjemanden.

Sie musste sich selbst beweisen, dass sie noch hier
war.

Dass sie nicht einen Teil von sich selbst in der
Höhle zurückgelassen hatte.

Sie bog in die Hauptstraße ein.

Eine Gruppe von Menschen stand in der Nähe
eines Cafés an der Ecke, dicht gedrängt, aus
dampfenden Tassen nippend.

Sie atmete aus.

Erleichterung.

Oder so etwas Ähnliches.

Sie war wenigstens nicht allein.

Aber als sie näher kam,
als sie an den Menschen vorbeiging,
wurde sie von keiner einzigen Person angesehen.

Nicht ein einziges Mal.

Es war nicht so, als wenn man einen Fremden
ignoriert.

Es war so wie man einen Geist ignoriert.

Als ob sie gar nicht da wäre.

Ihre Hände zitterten, als sie ihr Mobiltelefon
herauszog.

Immer noch tot.

Sie schob das Handy zurück in ihre Manteltasche, schluckte schwer und bog in eine andere Straße ein.

Ihr Verstand arbeitete schnell und ging alle Möglichkeiten durch.

War dies eine Auswirkung des Nichts? Hatte die Finsternis sie gezeichnet, sie auf eine Weise gebrandmarkt, die sie noch nicht verstand?

Oder war es etwas anderes?

Etwas Schlimmeres?

Ein scharfer Windstoß peitschte durch die Straße und trug den Geruch von feuchtem Straßenpflaster, von rostigem Metall und Autoabgasen mit sich.

Für den Bruchteil einer Sekunde flackerte die Welt. Die Erscheinung.

Wie eine Filmspule, die ein Bild überspringt.

Die Gebäude dehnten sich, verzogen sich an den Rändern und schnappten dann wieder an ihren angestammten Platz zurück.

Sie hörte auf zu laufen.

Ihr Puls verlangsamte sich.

Ihr Atem ging stoßweise.

Denn dieses Phänomen hatte sie schon einmal gesehen.

Nicht hier.

Nicht in Bukarest.

In Valea Nair.

Kurz bevor das Dorf zu verschwinden begann.

Eine Erkenntnis traf sie wie ein Schlag.
Es ging hier nicht nur um sie.
Es ging nicht nur um das Nichts.
Bukarest verblasste.
Stück für Stück.
Person für Person.
Und wenn sie es nicht aufhielt,
würde alles, die ganze Welt weg sein.

Sie benötigte dringend Antworten.
Und es gab nur noch einen Ort, an dem sie suchen konnte.
Die letzte historisch bekannte Spur von Mara Drăculeşti.
Ein Haus.
Verborgen im alten Viertel von Bukarest.
Ein Ort, der seit Jahrhunderten stand.
Ein Ort, der sich bis jetzt dagegen gestemmt hatte, vergessen zu werden.
Sie drehte sich abrupt um und zog ihren Mantel enger um sich.
Sie hatte nicht mehr viel Zeit.
Denn was immer auch geschah -
es hatte bereits begonnen.
Und wenn sie sich nicht schnell bewegte -
würde sie die Nächste sein.
Sie warf einen letzten Blick in das Café.
Auf die Leute, die an ihrem Kaffee nippten.

Auf die Stadt, die noch existierte, für den Moment.
Dann drehte sie sich um.
Und lief geradewegs zum Zentrum dessen, was als
Nächstes kam.

2

Das Haus stand am Ende einer vergessenen,
mittelalterlichen, mit Kopfsteinen gepflasterten
Straße. Selbst die anliegenden Stadthäuser
schienen seltsam alt und dem Vergessen
anheimgefallen zu sein.
Es war nicht die Art von Ort, denen normale Leute
überhaupt Aufmerksamkeit schenkten.
Nicht, weil es versteckt oder mit Efeu überwuchert
oder mit Brettern vernagelt war wie ein
verwunschenes Relikt. Nein, es war etwas
Schlimmeres als das. Eine allgemeine
Vernachlässigung, die zum bequemen Verdrängen
und dann zum absoluten Vergessen führte.
Das Gebäude, zu dem sie wollte, war auf den
ersten Blick unsichtbar.
Ein dreistöckiges Gebäude mit einem
herunterhängenden Eisentor und hohen Fenstern
mit Fensterläden. Es stand zwischen zwei um
Nuancen neueren Gebäuden in der Altstadt von

Bukarest. Die Farbe war einmal weiß gewesen, aber nun war sie zu etwas Stumpfem und Leblosem verblasst, die Farbe eines Himmels an einem diesigen und wolkenverhangenen Novembertag.

Elena blieb vor dem Eingang stehen, ihr Atem geisterte durch die kalte Luft.

Sie war den letzten Spuren von Mara Drăculeşti hierher gefolgt. Alte Aufzeichnungen. Eine verstreute Erwähnung in einer sogenannten Geheimakte. Ein Name, der kein Recht hatte, noch Jahrzehnte nach dem angeblichen Tod der Frau in den Archiven aufzutauchen.

Und doch…

Mara war hier gesehen worden.

Auf diesen Straßen.

Lebendig.

Elena stieß das rostige, hängende Tor auf.

Es ächzte unter schwerem Protest, als wäre es seit Jahren nicht mehr angefasst worden.

Als ob es überhaupt nie mehr berührt worden wäre.

Und dann, als sie auf den brüchigen, unebenen Steinweg trat, der zur Haustür führte, veränderte sich etwas.

Ein subtiles Flackern am Rande ihrer Sicht.

Als ob das Haus gerade geatmet hätte.

Die Tür sah unverschlossen aus.

Sie drehte den Knauf der Eingangstür, der leicht nachgab und mit einem langsamen, bedächtigen Knarren nach innen schwang.

Die Luft im Inneren war voller Staub. Nicht der Staub, der sich in einem verlassenen Raum ansammelt, sondern etwas Antikes, Schwermütiges.

Wie der Staub von Jahrhunderten.

Sie trat hinein.

Der Boden knirschte unter ihren Stiefeln.

Das Haus fühlte sich... bewohnt an.

Nicht so wie ein normales Haus, mit dem leisen Summen der Elektrizität, dem schwachen Geruch einer am Vorabend gekochten Mahlzeit.

Das hier war anders.

Es fühlte sich an, als würde man einen Gedanken wahrnehmen.

Als würden sich die Wände selbst an etwas erinnern.

Sie fuhr mit den Fingern leicht über das hölzerne Treppengeländer, ihr Puls beschleunigte sich.

Jemand hatte hier gelebt.

Jemand war nie von hier weggegangen.

Eine Bodendiele knarrte im oberen Stockwerk.

Elena erstarrte.

Nicht wegen des Eigengewichts des sich setzenden Hauses oder weil das Holz arbeitete.

Nicht aufgrund von Windeinflüssen auf das Haus.

Es waren eindeutig Schritte.

Leise. Bedächtig.

Sie kamen aus dem zweiten Stock.

Und dann -

ein Flüstern.

"Du bist spät dran."

Elena drehte sich der Magen um.

Die Stimme war tief, trocken wie Papier.

Vertraut.

Nicht aus der Erinnerung heraus.

Sondern aus dem Spiegel.

Sie machte einen langsamen, vorsichtigen Schritt auf die Treppe zu.

Das Licht, das durch die Fensterläden drang, war blass und dünn und warf lange Schatten, die sich so dehnten, dass es völlig irre aussah.

Und jetzt konnte sie es auch spüren.

Das Haus beherbergte nicht nur Maras Vergangenheit.

Es hielt sie auch lebendig.

Sie erreichte das obere Ende der Treppe.

Der Flur erstreckte sich vor ihr, eingerahmt von verschlossenen Türen.

Nur eine stand offen.

Am hinteren Ende.

Das Licht in dem Raum dahinter flackerte.

Elena schluckte, ihre Finger krallten sich um den Saum ihres Mantels.

Dann schritt sie vorwärts.

Das Flüstern kam wieder -

"Du hättest nicht herkommen sollen."

Aber es war keine Warnung.

Es war eine Feststellung.

Sie erreichte die offene Tür.

Der Raum dahinter war kleiner, als sie erwartet hatte.

Ein Arbeitszimmer, vielleicht.

An den Wänden standen Bücherregale mit alten, ledergebundenen Bänden, die so oft gelesen waren, dass ihre Buchrücken sich aufzulösen begannen.

Am Fenster stand ein Schreibtisch, dessen Oberfläche bis auf eine einzige brennende Kerze leer war.

Und neben dem Schreibtisch -

wieder ein Spiegel.

Aber zersprungen.

Von einer dünnen Staubschicht bedeckt, aber nicht so dicht, um das Spiegelbild dahinter zu verdecken.

Elena stockte der Atem.

Denn das Spiegelbild war nicht sie.

Nicht ganz.

Die Gestalt im Spiegel hatte ihr Gesicht, ihr Haar, ihre Haltung.

Aber die Augen waren anders.

Zu blass.

Zu wissend.

Und der Mund bewegte sich.

Elena trat näher heran, ihr Puls hämmerte von innen gegen ihre Rippen.

Das Spiegelbild stimmte auch nicht mit ihren Bewegungen überein.

Es spiegelte sie überhaupt nicht.

Es beobachtete sie.

Und dann...

sprach das Ding.

"Du hast es mitgebracht."

Elena taumelte zurück.

Ihr Spiegelbild blieb stehen.

Und in dem Raum zwischen ihnen, in den zerbrochenen Tiefen des Glases,

bewegte sich etwas Anderes.

3

Elena bewegte sich nicht.

Nicht im ersten Moment.

Sie war sich nicht einmal sicher, ob sie gerade in der Lage dazu wäre.

Denn wenn etwas so aussieht wie man selbst, aber nicht man selbst ist, wenn es sich selbsttätig

bewegt, wenn sein Mund Worte formt, die es nicht geben sollte -
irgendetwas im eigenen Gehirn verursacht dann eine Art Kurzschluss.
Es sagt dir, dass das nicht wahr ist. Nicht wahr sein kann.
Dass, wenn du nur fest genug blinzeltest, dich für eine halbe Sekunde abwendetest, die Welt wieder in Ordnung käme.
Sie blinzelte.
Drehte sich weg.
Schaute zurück.
Das Ding war immer noch da.
Es beobachtete sie immer noch ganz genau.
Und das Ding im Spiegel - in ihrem Spiegelbild - lächelte.

Ein Flüstern schabte durch die Luft, leise und raschelnd, wie das Geräusch von trockenen Blättern, die unter den Füßen zermalmt wurden.
"Du hast es mitgebracht."
Die Worte kamen aus ihrem eigenen Mund.
Nein, nicht aus ihrem.
Das Ding im Spiegel.
Dessen Lippen hatten sich bewegt, aber die Stimme war nicht ihre eigene.
Sie war älter.
Nicht alt im Sinne von Zeit, sondern alt in der Art,

wie eine Wunde nie ganz heilte.

Elenas Atem ging stoßweise.

Ihre Kehle war trocken.

Ihre Finger zuckten zu ihrer Tasche und streiften über das raue Leder von Cătălinas Tagebuch, ein vertrauter Anker.

"Was bist du?", röchelte sie.

Das Spiegelbild legte den Kopf schief.

Und in diesem Moment - nur für den Bruchteil einer Sekunde -

veränderten sich seine Züge.

Nicht viel.

Aber gerade so viel, um entdeckt werden zu können.

Das Lächeln wurde einen Hauch zu breit.

Die Augen verdunkelten sich um eine Nuance.

Und die Form seines Gesichts - ihres Gesichts - verschwamm.

Als würde es versuchen, sich zu erinnern, wie sie aussah.

Elena trat einen Schritt zurück.

Ihr Magen drehte sich vor kalter Erkenntnis.

Es sah nicht nur aus wie sie.

Es wurde zu ihr.

Die Kerze auf dem Schreibtisch flackerte.

Die Flammen züngelten und warfen Schatten, die sich einen Bruchteil zu spät bewegten.

Der Raum erzitterte leicht, als hätte sich etwas in den Wänden bewegt.

Und dann -

sprach das Spiegelbild wieder.

"Es ist bereits drinnen."

Elena spürte einen kalten Atem in ihrem Nacken.

Zu nah.

Sie drehte sich um - da war nichts.

Aber die Luft war jetzt unangenehm unecht.

Dicker.

Schwer von einer Präsenz, die vorher nicht da gewesen war.

Eine Präsenz, die ihr gefolgt war.

Das Nichts war nicht nur ein Ort.

Es war nie nur ein Ort gewesen.

Es war ein Ding.

Und es war immer noch bei ihr.

Ein neues Flüstern huschte durch den Raum.

Es kam nicht vom Spiegel.

Nicht aus dem Haus.

Sondern aus ihrem eigenen Kopf.

"Du hättest nie gehen dürfen."

Elenas Puls schlug ihr gegen die Rippen.

Nein.

Das war ein Trick.

Ein Spiel.

Es versuchte, sie aufzuribbeln, sie Faden für Faden

auseinander zu ziehen.

Sie presste ihre Kiefer zusammen und zwang sich zu atmen.

"Ich weiß, was du bist", sagte sie, ihre Stimme war jetzt fest.

Das Spiegelbild lachte.

Sanft. Fast... mitleiderregend.

"Nein, das weißt du nicht."

Und dann, mit einer Stimme wie der ihren -

"Aber Mara weiß es."

Elena war ganz kurz vorm Übergeben. Es stand ihr buchstäblich bis zur Unterlippe.

Trotzdem krümmten sich ihre Finger zu Fäusten.

Es war richtig, dass sie hergekommen war.

Es war richtig, dass sie nach Mara gesucht hatte.

Denn was auch immer diese Ding war - was auch immer aus dem Nichts geworden war -

Mara wusste, wie man es aufhalten konnte.

Falls sie noch am Leben war.

Oder noch schlimmer,

falls sie es nicht mehr war.

Die Augen des Spiegelbilds verdunkelten sich.

Es wusste, was sie dachte.

Es war ihr immer einen Schritt voraus gewesen.

Das Ding beugte sich vor, das Glas verzerrte sich, krümmte sich wie eine Wasseroberfläche.

Und dann...

Die Kerze erlosch.
Der Raum versank in tiefster Dunkelheit.
Und in diesem letzten, erstickenden Moment,
bevor Elena sich bewegen konnte, bevor sie atmen
konnte,
streifte eine Stimme, weich und nah, ihr Ohr.
"Mara ist nie gegangen."
Der Spiegel zersplitterte.
Und etwas trat hindurch.

4

Der Spiegel explodierte in ihre Richtung.
Nicht so, wie Glas zerbrechen sollte - nicht in
einem scharfen, chaotischen Splittern, sondern in
Zeitlupe, als hätte sich etwas von der anderen Seite
durchgedrückt und die Zeit hätte sich um es herum
gefaltet.
Elena taumelte zurück, die Arme erhoben, aber die
Scherben fielen nicht.
Sie hingen in der Luft, schwebten, glitzerten im
flackernden Kerzenlicht.
Dann...
kehrten sie sich um.
Sie setzten sich wieder zusammen, Stück für

Stück, wie ein Film, der rückwärts abgespielt wird.
Und an der Stelle, an der der zerbrochene Spiegel
gestanden hatte,
stand eine Gestalt.
In schwarzes Tuch gehüllt, von Kopf bis Fuß, der
Schleier wehend, als würde er von einem Wind
bewegt, der hier drinnen aber nicht existierte.
Eine Präsenz, die zu real war, um ein Geist zu sein.
Zu still, um lebendig zu sein.
Elenas Atem kam scharf und flach.
"Mara."
Die Frau hob ihren Kopf.
Und lachte.
Nicht weich. Nicht sanft.
Sondern mit eher leise und scharf, wie das
Rascheln von trockenem Laub auf einem leeren
Friedhof.
"Du denkst, ich bin Mara?"
Der Schleier verschob sich.
Und das Ding unter ihm grinste gehässig.

Elena handelte, bevor sie nachdenken konnte.
Sie stürzte auf den Schreibtisch zu, schnappte sich
die Kerze und schleuderte diese in Richtung der
Gestalt.
Die Flamme erstarb in der Luft.
Das Wachs gefror.
Schwebte.

Dann schmolz es in umgekehrter Reihenfolge und formte sich wieder zu einer perfekten Kerze, die aufrecht auf dem Schreibtisch stand, als hätte nie jemand die Kerze berührt.

Elenas Puls hämmerte.

"Was...", begann sie.

"Pssst", flüsterte die Gestalt.

Das Ding machte einen Schritt vorwärts.

Kein normaler Schritt.

Es verlagerte sein Gewicht nicht.

Es bewegte sich einfach.

Wie ein Film, der Bilder überspringt.

"Du hättest nicht herkommen sollen."

Elenas Atem stockte.

"Ich muss Mara finden."

"Das hast du bereits getan."

Der Kopf der Gestalt neigte sich.

Und dann, langsam - schmerzhaft langsam - lüftete es einen weiteren Schleier.

Mara Drăculești erschien ganz genau so, wie sie sein sollte.

Ihre Haut war vom Alter gegerbt.

Ihre Augen waren tiefschwarz.

Ein Gesicht, das unzählige Generationen über die Jahrhunderte hinweg gesehen hatte, dünn geworden war durch etwas Schlimmeres als nur die Zeit.

Etwas, das sie nie losgelassen hatte.

Das Nichts hatte sie geholt.

Aber selbst das war kein Endpunkt gewesen.

"Du suchst nach mir", murmelte Mara.

"Und doch weißt du bereits, was ich bin."

Elenas Kehle schnürte sich zu.

"Ich muss es aufhalten."

"Nein", sagte Mara, ihre Stimme war weich wie Staub.

"Du musst es verstehen."

Der Raum stöhnte.

Die Schatten bewegten sich.

Und von irgendwo tief in den Wänden seufzte etwas.

Nicht das Haus.

Nicht der Wind.

Etwas tief aus der Materie.

Etwas, das wartete.

Mara trat einen weiteren Schritt vor.

"Du hast es mitgebracht, Elena."

"Jetzt musst du dich entscheiden..."

"Wer wird es als nächstes tragen?"

Elenas Magen wurde zu Eis.

Denn Mara hatte nicht nur gesprochen.

Sie hatte offensichtlich ein Angebot unterbreitet.

Und das Nichts hörte zu.

5

Elena hatte das Nichts schon früher sprechen
gehört.
Sie hatte gespürt, wie es in ihre Gedanken kroch,
sich an die unscharfen Ränder ihres Verstandes
presste und ihr Dinge in ihrer eigenen Stimme
zuflüsterte.
Aber dies war anders.
Es war Mara, die für die Finsternis sprach.
Oder vielleicht -
das Dunkel sprach durch Mara.
Elena ballte ihre Fäuste, ihr Körper spannte sich
vor unentrinnbarer Erkenntnis an.
"Ich habe nichts mitgebracht", sagte sie, aber die
Worte klangen halbherzig, sogar für sie selbst.
Mara lächelte.
"Das glaubst du doch selbst nicht."
Elena antwortete nicht.
Denn die Wahrheit hatte sie bereits begriffen.
Sie hatte das Nichts nie wirklich verlassen.
Und das Dunkel hatte sie nie wirklich verlassen.

Mara bewegte sich langsam und bedächtig auf sie
zu, ihr Körper bewegte sich, als wäre die Hexe
mehr Schatten als Fleisch.
Ihre eingesunkenen Augen flackerten mit etwas

Dunklem, etwas Uraltem, und Elena erkannte mit einem ungguten Gefühl, dass Mara sie nicht nur ansah.

Die Alte sah durch sie hindurch.

"Es will einen Namen", murmelte Mara.

"Das hat es immer gewollt."

Elenas Puls pochte.

"Meinen hat es schon."

Maras dünne Lippen kräuselten sich.

"Noch nicht."

Ihr Kopf neigte sich, ihre faltigen Finger zuckten leicht, als würde sie etwas hören, das Elena nicht hören konnte.

"Aber bald wird es ihn haben."

Der Raum knarrte.

Etwas bewegte sich in den Wänden.

Und Elena spürte es.

Diesen Druck.

Dieses unerträgliche Gewicht, das auf ihren Brustkorb, ihren Schädel, den Raum hinter ihren Augen drückte.

Es war hier.

Nicht das Nichts selbst, nicht die offene Wunde, nicht der Hunger,

sondern sein Angebot.

Und sie hatte vielleicht nur Sekunden, um sich zu entscheiden.

"Du willst es aufhalten?" Mara flüsterte.

"Dann wähle."

Ihre Stimme veränderte sich.

Vertiefte sich.

Überschlug sich mit sich selbst, überlagert von etwas anderem, etwas, das zu groß war, um in Maras alten, zerbrechlichen Körper zu passen.

"Einen Namen für einen Namen."

Elenas Blick trübte sich ein.

Die Wände wölbten sich nach innen.

Das Flüstern aus den verdeckten Hohlräumen war kein Geräusch.

Es war ein Gewicht.

Es drückte in ihre Lungen, in ihre Gedanken, in ihre Knochen.

Das Haus ächzte, und plötzlich stand sie nicht mehr in dem alten Zimmer,
sie war irgendwo anders.

Irgendwo, wo es nass und dunkel und endlos war.

Ein Ort, von dem sie geflohen war, den sie aber nie verlassen hatte.

Die Dunkelheit seufzte gegen ihre dünne Haut.

"Gib mir einen Namen, Elena."

Ihr Puls stotterte.

Ihre Hände zitterten.

Sie wusste, was das Nichts von ihr wollte.

Es benötigte jemand anderen.

Jemanden, der ihren Platz einnäme.

Jemanden, der letztendlich verschwand.

Und plötzlich war sie sich nicht mehr sicher, ob sie nicht doch davonlaufen könnte.

Denn war das nicht der Preis des Überlebens?

War es nicht das, was immer das Ergebnis gewesen war?

Ein Name für einen Namen.

Eine Wunde für eine Wunde.

Sie musste sich entscheiden.

Und zwar jetzt.

Bevor sich das Nichts ohne ihr Zutun für sie entschied.

6

Elenas Atem ging in scharfen, flachen Stößen.

Das Nichts wartete.

Die Luft war zu drückend geworden, zu still, presste gegen ihre Haut wie etwas Schweres, etwas Lebendiges.

Der Name.

Das war der Preis.

Das war schon immer der Preis gewesen.

Sie ballte die Fäuste.

Ihr Verstand suchte nach einer Antwort, nach einem Ausweg - aber es gab keinen.

Dies war keine Wahl.

Es war eine Falle.

Eine Regel, die in der Finsternis selbst geschrieben
wurde.

Ein Name für einen Namen.

Sie schluckte, ihre Kehle war trocken wie Staub.

"Nein."

Mara blinzelte nicht.

Sie schien nicht einmal überrascht zu sein.

Sie legte einfach den Kopf schief, das Kerzenlicht
warf tiefe Schatten in die Furchen ihrer Wangen.

„Dann wird es deinen nehmen."

Und bevor Elena sich bewegen konnte,
hauchte Mara ihren Namen.

"Elena Vasile."

Und die Welt brach auf.

Sie fiel.

Nein, sie sank.

Der Raum schmolz dahin, die Wände versanken in
der Dunkelheit, der Holzboden zerbrach unter
ihren Füßen wie Eis auf tiefem Wasser.

Und das Nichts seufzte.

Es hieß sie willkommen.

Denn sie hatte ihm einen Namen verweigert.

Und jetzt wollte das Nichts ihren nehmen.

Sie konnte sich nicht wehren.

Konnte nicht schreien.

Sie konnte nur zusehen, wie sich ihr Name vor
ihren Augen auflöste.
Die Buchstaben verdrehten sich, brachen
auseinander, verformten sich zu etwas
Undeutlichem, etwas Hohlem.
Sie sah sich selbst verblassen.
Nicht ihr Körper - sie.
Die Erinnerung an sie.
Das Gewicht ihrer kompletten Existenz entglitt ihr,
Stück für Stück, Gedanke für Gedanke.
Bald würde nichts mehr da sein.
Nicht von ihr.
Nicht von dem, was sie je gewesen war.
Nur ein weiterer vergessener Name.
Nur ein weiteres Opfer.
Es sei denn...
Nein.
Nein, nein, nein.
Es gab einen Weg.
Einen einzigen Weg.
Das Nichts wollte, benötigte einen Namen.
Aber nicht unbedingt ihren.

Elena biss die Zähne zusammen.
Wenn das Nichts einen Namen wollte -
sie würde ihm einen geben.
Nicht ihren eigenen.
Jedenfalls noch nicht.

Ihre Lippen öffneten sich, ihre Stimme war kaum mehr als ein Hauch -

"Mara Drăculeşti."

Das Nichts erzitterte.

Einen Moment lang geschah nichts.

Dann...

Die Last, die auf ihr lag, nahm ab.

Die erstickende Dunkelheit wich zurück, löste sich auf, schrumpfte zusammen wie eine Wunde, die genäht wurde.

Maras Augen weiteten sich.

Nur für den Bruchteil einer Sekunde.

Gerade lange genug damit Elena die Wahrheit sehen konnte:

Mara hatte das nicht erwartet.

Sie hatte nicht erwartet, dass Elena den Trick kannte.

Dass sie ihr damit gefährlich werden könnte.

Dem Nichts war völlig egal, wen es sich nahm.

Wichtig war der Finsternis nur, dass jemand zur Besänftigung und zum weiteren Wachsen geopfert wurde.

Und Elena hatte jetzt Mara geopfert.

Das Gesicht der Frau verzog sich, etwas zwischen Wut und Schock blitzte in ihren zu dunklen Augen auf..

Dann...

Schon begann Mara zu verblassen.

Sie schrie nicht.

Bewegte sich nicht einmal.

Sie sah Elena nur mit so etwas wie Verständnis an.

Wie Bedauern.

Als hätte sie immer gewusst, dass alles so enden würde.

Die Schatten verschluckten sie ganz.

Und einfach so war Mara Drăculeşti dann verschwunden.

Ausgelöscht.

Nichts als ein Name, der in das Nichts gesprochen wurde.

Die Welt kam zur Ruhe.

Die Wände des Hauses knarrten.

Die Kerze auf dem Schreibtisch flackerte wieder auf.

Elena schwankte, ihre Knie knickten fast ein.

Aber sie war nicht mehr am Fallen.

Sie war immer noch hier.

Immer noch real.

Für den Moment fühlte sie sich sicher.

Ihr Puls pochte, als sie auf die leere Stelle starrte, an der Mara gestanden hatte.

Hatte sie gerade eine Hexe getötet?

Hatte sie dem Nichts gerade genau das gegeben, was es wollte?

Ein kalter Gedanke rutschte hinunter in ihren Bauch.

Mara war das erste Opfer gewesen.

Diejenige, die das Nichts das erste Mal versiegelt
hatte.
Und jetzt war sie fort.
Elena wurde flau im Magen.
Sie hatte den Fluch nicht beendet.
Sie hatte nur Maras Werk rückgängig gemacht.
Das Nichts war folglich noch da.
Und jetzt gab es nichts mehr, was es zurückhielt.

7

In dem Moment, als Mara verschwunden war,
atmete das Haus.
Nicht durch einen Windstoß. Keine Bewegung in
den alten hölzernen Knochen des Gebäudes.
Etwas Substantielleres.
Als hätten die Wände gerade ausgeatmet.
Als hätte etwas auf diesen Moment gewartet.
Elena taumelte zurück, ihr Puls hämmerte wie wild
in ihrem Schädel.
Die Luft fühlte sich erdrückend an.
Dünn an manchen Stellen, schwer an anderen, als
würde sich das Nichts neu anordnen.
Sie hatte dem Nichts einen Namen gegeben,
geopfert.
Und jetzt entschied die verschlingende Dunkelheit,

was sie damit anfangen wollte.
Das Kerzenlicht flackerte -
und das Haus veränderte sich.
Nicht physisch.
Aber seine Präsenz veränderte sich.
Es war nicht nur Mara, die etwas zurückgehalten
hatte.
Es war dieser Ort.
Ein Schlüssel in einem Schloss war gedreht
worden.
Und Elena hatte gerade erst die Tür geöffnet.

Der Spiegel stand dort, wo Mara gewesen war.
Er war wieder unversehrt.
Keine Risse.
Kein Staub.
Nur eine glatte, perfekte Oberfläche.
Und aus dem Inneren wurde sie beobachtet.
Nicht durch Schatten.
Nicht durch Geflüster.
Sondern durch ihr eigenes Spiegelbild.
Elena stockte der Atem.
Das Ding im Spiegel, es sah jetzt wirklich aus wie
sie.
Ganz genau wie sie.
Dieselbe Kleidung. Dasselbe verworrene dunkle
Haar.
Dieselben großen, starren Augen.
Nur, es spiegelte sie nicht.

Es stand einfach nur da. Regungslos.

Und dann, mit langsamer, bedächtiger Präzision,
neigte es den Kopf.

So wie Mara es getan hatte.

So wie es dieser Horror immer tat.

Und das Ding lächelte wieder.

Elena wandte sich ab.

Sie musste gehen.

Sie musste raus aus diesem Haus, raus aus dieser
Straße, raus aus Bukarest, wenn es sein musste.

Aber in dem Moment, als sie zur Tür ging,
kam das Flüstern.

"Du hast etwas vergessen."

Sie erstarrte.

Ihre Finger hielten auf dem Türknauf inne, das
kalte Metall drückte gegen ihre Haut.

Das Flüstern war direkt neben ihrem Ohr gewesen.

Sie drehte ihren Kopf.

Der Spiegel war leer.

Aber das Flüstern war nicht von dort gekommen.

Es war aus ihrem eigenen Kopf gekommen.

Und es war nicht allein.

Die anderen Stimmen hatten sich jetzt zu äußern
begonnen.

Nicht laut.

Nicht schreiend.

Nur... sprechend.

Leise.

Ruhig.

Als wären sie schon immer hier gewesen.

Als hätten sie nur darauf gewartet, dass sie es bemerkt.

Elena drückte ihre Augen zu.

Holte tief Luft.

Es spielte keine Rolle.

Sie hatte immer noch einen Plan.

Sie hatte immer noch die Landkarte.

Die letzte Spur sämtlichen Auftauchens des Nichts, die Namen, die Orte, die Narben, die es hinterlassen hatte.

Sie würde einen Weg finden, es wieder zu versiegeln.

Sie musste es.

Sie zwang ihre Hand vorwärts, umfasste nun fest den Türknauf und drehte ihn.

Die Tür schwang auf.

Die Straße draußen war noch dieselbe.

Die Stadt stand noch.

Vorerst.

Elena trat hinaus, ihre Stiefel trafen auf das Pflaster, ihr Atem ging flach und stoßweise in der frühen Morgenluft.

Sie blickte sich nicht um.

Das war auch nicht nötig.
Denn sie wusste,
auch ohne sich umzudrehen, dass
die Tür nicht geschlossen war.
Und jemand stand im Türrahmen.
Das Ding beobachtete sie beim Weggehen.

8

Elena drehte sich nicht um.
Sie ging schnell, ihr Atem dampfte in der kalten
Luft, ihre Hände steckten tief in den
Manteltaschen, die Finger so fest um die Karte
gekrümmt, dass das Papier in ihrer Handfläche
zerknitterte.
Die Stimmen waren immer noch da.
Leise. Schwach.
Aber beständig.
Sie flüsterten in den unteren Schichten ihres
Geistes, gerade außerhalb ihrer bewussten
Reichweite, wie ein Radiosender, der auf
Rauschen eingestellt ist.
Keine Worte.
Noch nicht.
Aber sie wurden immer deutlicher.

Sie schluckte schwer.

Sie brauchte Abstand.

Von dem Haus.

Von dieser Finsternis.

Von dem, was sie gerade herausgelassen hatte.

Aber das Gefühl verfolgte sie.

Dieses Gewicht in der Luft.

Dieser Druck hinter ihren Rippen.

Als würde sie ständig und überall beobachtet werden.

Als ob etwas warten würde.

Und dann, gerade als sie um die nächste Straßenecke bog,

sah sie es.

Und ihr wurde flau im Magen.

Das Haus.

Es stand am Ende der Straße, in die sie gerade einbiegen wollte.

Es wartete auf sie.

Elenas Atem stockte.

Sie war nicht verrückt.

Sie hatte nicht geträumt.

Das Haus war hier.

Nicht hinter ihr.

Nicht dort, wo sie glaubte, es gerade verlassen zu haben.

Es hatte sich folglich bewegt. Es musste sich

bewegt haben.

Das herunterhängende Tor. Die verschlossenen Fenster. Alles da.

Dieselbe Tür, die leicht offen stand und darauf wartete, dass sie wieder hereinkam.

Elena spürte, wie sich etwas in ihrer Brust zusammenzog.

Nein.

Dies konnte nicht möglich sein.

Sie war gerade erst nicht nur ein paar, sondern viele Blocks gelaufen, oder waren es vielleicht schon etliche Kilometer.

Sie hätte schon weit weg sein müssen.

Und doch,

da war es.

Es wartete.

Wie ein streunender Hund, der ihr nach Hause gefolgt war. Den man nicht abschütteln konnte.

Oder noch schlimmer, so,

als wäre er schon immer da gewesen.

Sie trat einen Schritt zurück.

Ihre Finger umklammerten die Karte fester.

"Du hast etwas vergessen."

Das Flüstern kam wieder.

Diesmal näher.

Als ob es direkt neben ihrem Ohr wäre.

Sie drehte sich um,

aber es war natürlich wieder niemand da.

Elena zwang sich zu atmen.

Sie musste denken.

Sich bewegen.

Aber ihre Füße fühlten sich wie festgewurzelt an, als hätte sich etwas aus dem Pflaster an ihrem Schatten festgekrallt und würde nicht mehr loslassen.

Das Haus war kein Haus mehr.

Es war etwas anderes.

Etwas Lebendiges.

Etwas, das darauf gewartet hatte, dass Mara verschwinden würde.

Es wartete auf einen weiteren Namen.

Ein ungutes, krankes Gefühl machte sich in ihrer Brust breit.

Sie war sich so sicher gewesen, dass sie den Kreislauf durchbrechen könnte, wenn sie dem Nichts Maras Namen geben würde.

Dass es die offene Wunde schließen würde.

Das Ding im Inneren versiegeln, einsperren könnte.

Aber was, wenn sie den Kreislauf einfach wieder auf ein Neues in Gang gesetzt hätte?

Was, wenn das Nichts einfach ohne jegliche Beeinflussung weitergemacht hätte?

Auf der Suche nach jemand Neuem.

Sie schluckte schwer.

Sie konnte nicht hierbleiben.

Sie konnte nicht stillstehen.

Sie drehte sich abrupt um und ging.

Schnell.

Immer geradeaus.

Ohne zurückzublicken.

Nicht einmal, als sie hörte, dass sich die Tür hinter ihr knarrend öffnete.

Nicht einmal, als sie das Geräusch von Schritten auf dem Bürgersteig hörte.

Nicht einmal, als ihr klar wurde, dass sie nicht mehr alleine ging.

9

Die Schritte folgten ihr.

Sanft. Ungehetzt.

Als hätte es derjenige, oder diejenige, oder was auch immer, hinter ihr nicht eilig.

Als wüsste das Wesen, dass sie nirgendwo hingehen würde.

Elena zwang sich, weiterzugehen.

Ihr Atem stockte in ihrer Brust, ihre Finger krampften sich zu Fäusten in den Manteltaschen zusammen.

Sie konnte jetzt die Stadt um sich herum hören: Autos in der Ferne, gedämpfte Stimmen, das ferne

Klingeln und Rattern einer Straßenbahn, die über ihre Schienen rollte.

Normale Geräusche.

Erdende Geräusche.

Aber das spielte keine Rolle.

Denn was immer aus dem Haus getreten war, war ihr in diese Welt gefolgt.

Und das Teil blieb bei ihr, ging nicht weg.

Sie konnte es spüren.

Direkt in ihrem Rücken.

Eine Gestalt, die nicht zu sehen war.

Sie erreichte eine belebte Kreuzung.

Sie blieb am Bordstein stehen.

Sie zwang sich ruhig zu atmen.

Die Menschen zogen an ihr vorbei, mal eilig, mal abgelenkt, real.

Aber keiner von ihnen sah sie.

Nicht wirklich.

Genau wie Luca.

Genau wie die Leute im Café.

Die Welt war bereits dabei, sie zu vergessen. Sie auszublenden.

Sie atmete langsam ein und drückte ihre Hände auf das abgenutzte Leder von Cătălinas Tagebuch, das noch immer im Futter ihres Mantels steckte.

Das war der einzige Beweis, den sie noch hatte.

Das einzige, was sie mit dieser Realität verband.

Das Einzige, das noch nicht zu verblassen
begonnen hatte.
Ein kalter Wind strich über die Straße, und etwas
streifte ihren Rücken.
Licht. Licht?
Flüchtig.
Wie Finger, die über den Stoff strichen.
Die Straße wurde still.
Zu still.
Dann,
eine Stimme.
Die Stimme war nicht hinter ihr.
Auch nicht in ihrem eigenen Kopf.
Sondern direkt neben ihrem Ohr.
"Es spielt keine Rolle, wohin du gehst, Elena."
Ihre Kehle schnürte sich zu.
Sie kannte diese Stimme.
Weil es ihre eigene war.

Sie drehte sich zu schnell.
Die Welt geriet ins Trudeln.
Ihre Wahrnehmung verschwamm, ein Fleck aus
Scheinwerfern, vorbeiziehenden Gesichtern und
grauem Himmel.
Aber es war niemand hinter ihr.
Kein Schatten.
Keine Gestalt.
Nichts als der kalte Wind, der durch die Straße

pfiff.

Eine Sekunde lang dachte sie, vielleicht habe ich es mir eingebildet.

Vielleicht war es nur das Nichts, das immer noch gegen ihre Gedanken drückte, das immer noch durch die Risse atmete, die es in ihrem Geist hinterlassen hatte.

Aber dann,

sah sie etwas.

Nicht auf der Straße.

Nicht in der Menge.

In dem Schaufenster neben ihr.

Die Spiegelung.

Eine Gestalt stand in ihrem Rücken.

Keine Person.

Nicht einmal ein Schatten.

Nur eine Verzerrung, einige Schlieren im Glas, als wollte etwas nach vorne treten, aber dieses Etwas hatte sich noch nicht ganz materialisiert, war noch komplett da.

Noch nicht ganz.

Ihr Blut wurde zu Eis.

Das Spiegelbild legte den Kopf schief.

Und dann, leise...

"Du solltest doch dableiben."

Elena stolperte zurück.

Und das Ding lächelte.

Die Ampel schaltete um.

Eine Autohupe ertönte.

Jemand ging an ihr vorbei und murmelte einen Fluch vor sich hin.

Und einfach so, war das Spiegelbild verschwunden.

Die verzerrte Schliere im Glas war verschwunden.

Aber das Gewicht in der Luft?

Das Gefühl, dass noch immer etwas in ihrem Rücken, hinter ihr stand?

Das war stärker als je zuvor.

Sie wandte sich von dem Glas ab.

Machte einen langsamen, vorsichtigen Schritt nach vorn.

Sie brauchte einen Plan.

Sie musste von der Straße wegkommen.

Sie brauchte...

Ihr Telefon.

Tot.

Immer noch.

Ein nutzloser Klotz aus Plastik und seltenen Erden in ihrer Tasche.

Sie biss die Zähne zusammen.

Sie hatte eine letzte Möglichkeit.

Einen Ort, an den sie gehen konnte.

Ein Name, der auf der Rückseite der Karte stand.

Jemand, der wissen könnte, wie man die Sache aufhält.

Wenn sie nicht schon zu spät dran war.

Wenn sie nicht gerade etwas entfesselt hatte, das nie hätte herauskommen dürfen.

Sie bog in eine ruhigere Straße ein, ihr Atem ging immer noch unregelmäßig.

Sie schaute nicht auf ihr Spiegelbild im nächsten Schaufenster.

Das war auch nicht nötig.

Denn sie wusste -

das Ding war immer noch da.

Beobachtete.

Verfolgte.

Es wartete.

Und dieses Mal würde es nicht lange im Glas bleiben.

10

Elena bewegte sich schnell.

Sie rannte nicht - rennen ließ einen ängstlich aussehen. Machte einen zur Beute, zum Opfer.

Aber sie ging, als ob etwas hinter ihr brennen würde, als ob sie immer noch das Gewicht dieses Flecks, dieser Schliere eines Spiegelbildes spüren konnte, das versuchte, aus dem Glas zu treten.

Es war kein Mensch.

Es war kein Schatten.

Es war ein Ding. Sie hatte kein andere Wort.

Etwas, das ihr aus der Höhle in Valea Nair gefolgt war, etwas, das Maras Stimme gehabt hatte und nun begann, mit ihrer eigene Stimme zu sprechen.

Und es verfolgte sie nicht mehr nur.

Es wurde zu ihr, zu Elena Vasile.

Ihre Finger krampften sich um die Karte in ihrer Tasche.

Sie hatte nur noch einen Namen.

Jemanden, der vielleicht wusste, was zu tun war.

Wenn die Person überhaupt noch am Leben war.

Sie bog in eine Seitenstraße ein. Die Gebäude hier waren älter, in sich gekrümmt, die Ziegel dunkel von der Last zu vieler Winter.

Ein schwarzes Eisentor ragte vor ihr auf, verrostet an den Rändern.

Dahinter ein kleines Haus.

Versteckt.

Vergessen.

Der Name war immer noch auf die Rückseite der Karte gekritzelt, in eiligen, gezackten Buchstaben geschrieben.

"Pater Petrescu - Mănăstirea Neagră."

Das Schwarze Kloster.

Sie hatte einmal darüber gelesen - einer der letzten Orte, die versucht hatten, die dunkle Macht zu bekämpfen.

Aber das Kloster war vor Jahrzehnten niedergebrannt.

Jetzt war nur noch ein Mann übrig.

Wenn er überhaupt noch hier war.

Wenn es ihn überhaupt noch gab.

Sie stieß das Tor auf.

Und in dem Moment, als sie es tat, veränderte sich die Luft.

Sie trat vor.

Das Haus war still, die Fenster dunkel.

Irgendetwas an der Luft fühlte sich... höchst seltsam an.

Nicht zum Schneiden dick.

Nicht schwer.

Nur zu still.

Als wären die Geräusche herausgekratzt worden.

Sie ging zur Tür.

Hob die Hand.

Klopfte.

Das Geräusch drang kaum durch das massive Holz.

Eine Pause.

Dann hörte sie ein langsames, schlurfendes Geräusch von drinnen.

Die Tür knarrte auf.

Und im schummrigen Flur stand ein uralter Mann.

Dünn. Viel zu dünn.

Tiefe Falten zeichneten sich in seinem Gesicht ab,
Furchen wie Canyons, die Haut war fahl und
spannte sich über die scharfen Knochen.

Er sah aus wie ein Mann, der etwas gesehen hatte,
was er nicht hätte sehen sollen.

Er hatte etwas gesehen, das ihn nie wieder
losgelassen hatte.

Seine Augen huschten über ihr Gesicht.

Und in diesem Moment wusste sie es.

Er erkannte sie.

Nicht als Person.

Nicht als Elena.

Sondern als Person, die versuchte das dunkelste
Dunkel zu bezwingen.

"Du hättest nicht herkommen sollen", murmelte er.

Seine Stimme klang bereits besorgt.

Elenas Puls beschleunigte sich.

„Sie wissen, was los ist", sagte sie und drängte
sich vor, bevor sie Zweifel zulassen konnte. "Sie
wissen von dem Nichts."

Pater Petrescus Lippen verzogen sich zu einer
dünnen, blutleeren Linie.

Seine Finger zuckten an seinen Seiten.

Nicht wirklich Angst.

Etwas viel Schlimmeres.

Resignation.

"Es lässt mich nicht los", sagte er leise. "Das tut es nie."

Sie schluckte schwer.

„Dann sagen Sie mir, wie ich es aufhalten kann."

Der Blick des alten Priesters flackerte.

Zu ihren Händen.

Auf ihren Schatten.

Und dann, leise:

"Es ist bereits zu spät."

11

Elena starrte ihn an.

Der alte Priester verhielt sich wie ein Mann, der darauf wartet, dass ein Sturm losbricht.

Als hätte er auf diesen Moment gewartet.

Auf sie gewartet.

"Was meinen Sie damit, dass es zu spät ist?", fragte sie mit fester Stimme, obwohl ihre Hände zitterten.

Vater Petrescu atmete langsam aus.

Wie ein Mann, der zu lange etwas zu Schweres getragen hat.

Dann, endlich, trat er fast freundlich, einladend zur

Seite.
"Kommen Sie herein."

Das Haus roch nach Staub und verbranntem Wachs oder Stearin.

Ein Ort, an dem die Zeit stehen geblieben war und die Welt draußen keine Rolle spielte.

Elena folgte ihm durch einen engen Flur, ihr Atem ging flach.

Die Luft fühlte sich zum Schneiden an.

Nicht wie in der Anwesenheit des Nichts. Nicht, wie sie es schon erlebt hatte.

Sondern wie an einem Ort, an dem zu viele Gebete unbeantwortet geblieben waren.

Das Arbeitszimmer war klein - ein einziger Schreibtisch mit Stuhl davor, ein Bücherregal, das unter dem Gewicht alter Bücher zusammenbrach, Stapel vergilbter Papiere, die jede verfügbare Oberfläche bedeckten.

Petrescu ließ sich in einen alten, verlebten Sessel in der rechten hinteren Zimmerecke sinken.

Seine Hände zitterten, als er nach einem silbernen Kruzifix auf dem nebenstehenden Schreibtisch griff und es fest umklammerte, als ob es ihm Halt geben könnte.

„Darauf habe ich jahrelang gewartet", murmelte er. „Auf Sie."

Elena drehte sich der Magen um.

„Warum?"

Er hob den Blick.

Und der Blick in seinen Augen ließ ihr das Blut in den Adern gefrieren.

„Weil Sie das Nichts nie hätten verlassen dürfen."

Ihr Puls pochte gegen ihre Rippen.

„Ich bin rausgekommen", sagte sie, obwohl sie sich nicht mehr sicher war, ob das wirklich stimmte.

Petrescu schüttelte den Kopf.

„Nein. Das sind Sie nicht."

Elena stockte der Atem.

„Wovon reden Sie?"

Der Priester atmete aus.

"Das Nichts nimmt keine Körper. Es nimmt Namen. Es nimmt die Erinnerung. An alles."

Seine Finger legten sich fester um das Kreuz.

„Sie sind immer noch in ihm, mit ihm verbunden, Elena. Sie sind nie gegangen."

Sie erstarrte.

Ein schreckliches, sich windendes Gefühl machte sich immer mehr in ihrer Brust breit, als würde eine Schlange in ihren Innereien wühlen.

„Das ist nicht möglich." Brachte sie heraus.

„Ist es nicht?" Er sah sie eindringlich an.

Sein Blick huschte zum Fenster - aber da draußen war nichts.

Nur erdrückende Dunkelheit.
Als hätte die Stadt aufgehört zu existieren.
Elena wurde flau im Magen.
Denn sie war hierher gelaufen.
Durch Bukarest.
Oder nicht?
Oder etwa nicht?

Die Wände knarrten.
Die Schatten im Raum verschoben sich.
Die Karte brannte kalt in ihrer Tasche.
"Es gibt einen Weg, das aufzuhalten", sagte sie. Es
musste einen geben.
Pater Petrescu musterte sie einen langen, stillen
Moment lang.
Dann…
"Ja."
Ihr Atem ging stoßweise.
Hoffnung.
Aber dann sprach er wieder.
"Aber das hat seinen Preis."
Sie schluckte schwer.
"Welchen Preis?"
Sein faltiges, furchiges Gesicht war ernst, seine
Hände waren ruhig.
"Einen Namen für einen Namen."
Elena drehte sich der Magen um.
Ja, natürlich.

Natürlich war das die Regel.

Das war schon immer die Regel gewesen.

Sie hatte dem Reich des Vergessens bereits Maras
Namen gegeben.

Aber das war nicht genug gewesen.

Es war nie genug.

Jetzt wollte die ewige Finsternis mehr.

Und Elena musste sich entscheiden.

Sie musste wählen.

Denn wenn sie es nicht tat,

würde sich das Nichts für sie entscheiden.

Und das Ding hatte immer ihren Namen bevorzugt.

12

Elena ballte ihre Finger zu Fäusten.

„Nein", sagte sie.

Sie war nicht so weit gekommen, nur um ein
Leben gegen ein anderes zu tauschen.

Sie hatte sich nicht aus der Höhle der Verdammnis
herausgekämpft - wenn sie es überhaupt getan
hatte - nur um ein weiterer Name zu werden, der
an den Hunger der Unterwelt verloren ging.

Pater Petrescus Blick wich nicht von der Stelle. Er
durchbohrte sie förmlich.

„Dann verstehen Sie nicht."

Er beugte sich vor, das schwache Kerzenlicht zeichnete tiefe schattige Canyons in sein Gesicht.

„Sie können das Nichts nicht bekämpfen, Elena. Es ist nichts, was man zerstören kann. Es ist kein Fluch, den man aufheben kann."
Seine Finger klopften auf den Tisch, weich, rhythmisch, bedächtig.
„Es ist eine Art notwendiges Gleichgewicht."
Ihr Magen verdrehte sich.
„Sie sagen, dass es existieren muss."
Petrescu nickte.
„Und solange es das tut, wird es nehmen. Es wird verschlingen. Es wird ersetzen."
Seine Augen verfinsterten sich.
„Sie sollten ersetzt werden."
Die Worte trafen sie wie eine Faust.
Elena blieb der Atem in der Kehle stecken.
„Aber ich wurde nicht ersetzt", flüsterte sie.
„Nein."
Er atmete aus.
„Und genau deshalb löst es sich auf."
Das Haus knarrte.
Nicht das Holz, das sich setzte.
Sondern etwas anderes.
Etwas, das zuhört.

Elenas Hände zitterten.
„Dann muss ich es in Ordnung bringen."

Der Priester betrachtete sie einen langen Moment lang.

Dann, langsam, nickte er.

„Sie müssen ihm einen weiteren Namen geben."

Einen Namen für einen Namen.

Eine Wunde für eine Wunde.

Es war immer derselbe Preis. Jedes erneute Begehren musste mit einem weiteren Namen abgegolten werden.

Sie biss die Zähne zusammen.

Sie hatte ihm bereits Mara gegeben.

Hatte das also nicht gereicht?

Hatte sie nicht schon genug bezahlt?

„Es will nicht die Toten", murmelte Petrescu, als ob er ihre Gedanken lesen könnte.

„Es will die Lebenden."

Das Nichts hungerte nicht nach denen, die bereits verloren waren.

Es wollte etwas Neues, Frisches.

Ihr Puls pochte.

Sie konnte jetzt etwas spüren, es drängte von den Rändern des Raumes herein, flüsterte unter der Oberfläche ihrer eigenen Gedanken.

So wie damals in der Höhle.

Genauso wie zu der Zeit, als sie darin gefangen war.

Wenn es überhaupt jemals wegging.

„Wer?", fragte sie.

Das Wort kam ihr kaum über die Lippen.

Vater Petrescu atmete aus.

Dann...

„Es muss ein von ihm gewollter Name sein."

Elenas Magen wurde zu Eis.

Denn jetzt verstand sie.

Und plötzlich...

Die Wahl war schlimmer als der Tod.

Sie musste jemanden finden, der dazu bereit war.

Jemanden, der ihren Platz einnehmen würde.

Jemanden, der sich dem Nichts hingeben würde,
obwohl er wusste, was es war.

In dem Wissen, was es mit ihm machen würde.

Und wenn sie es nicht könnte...

Dann würde es sie selbst holen.

Und das war die einzige Möglichkeit, es wieder zu
versiegeln.

Sie schüttelte den Kopf, ihr Atem ging
unregelmäßig.

„Es muss einen anderen Weg geben."

„Den gibt es nicht."

Petrescus Stimme war fest. Sicher.

Er hatte das schon einmal gesehen.

Er hatte gewusst, was kommen würde, als sie sein
Haus betrat.

Er griff nach etwas unter dem Schreibtisch.

Er zog ein altes, in Leder gebundenes Buch heraus.

Er klappte es auf.

Elena drehte sich der Magen um. Sie stand kurz vor dem Übergeben.

Die Seiten waren mit Namen gefüllt.

Einige erkannte sie.

Die meisten kannte sie nicht.

Aber die Tinte war alt.

Verblasst.

Einige Namen waren durchgestrichen worden.

Und am unteren Rand...

Ein Name war frisch.

Geschrieben mit tiefer, schwarzer Tinte.

Elena Vasile.

Ihre Hände wurden kalt.

Sie schaute auf.

Petrescu beobachtete sie.

„Das Nichts hat bereits gewählt, Elena."

„Die Frage ist nur - werden Sie es tun? Werden Sie mitspielen? Oder werden Sie ihm einen anderen, gefälligen Namen anbieten?"

Die Kerze flackerte.

Ein Luftzug bewegte sich durch das Haus, obwohl die Fenster waren geschlossen.

Die Wände knarrten.

Etwas bewegte sich.

Es wartete.

Nun musste eine Entscheidung getroffen werden.

Ihre Gedanken rasten.

Sie musste einen Ausweg finden, ein Schlupfloch, eine Möglichkeit, das Nichts auszutricksen, so wie Mara es getan hatte.

Aber Mara hatte es nicht ausgetrickst, nicht wahr?

Sie hatte ihren eigenen Namen genannt.

War bereitwillig in sein Maul getreten. Hatte sich mutig der Erkenntnis am eigenen Körper stellen wollen.

Und jetzt war sie weg.

Ausgelöscht.

Elena ballte ihre Fäuste.

„Was passiert, wenn ich mich nicht entscheide?"

Der Priester atmete aus.

„Dann werden Sie unweigerlich verschwinden.

Und das Nichts wird einen anderen nehmen."

Ihr Magen verdrehte sich.

Es würde nicht nur sie nehmen.

Es würde jemand anderen nehmen, um sie zu ersetzen und seine unbändige Begierde zu stillen.

Jemanden, der sie nicht kannte.

Es nicht verstand.

Es nicht verdiente.

Sie schluckte schwer.

Es musste einen anderen Weg geben.

Einen Weg, den ewigen Kreislauf zu durchbrechen, das Nichts zu stoppen, ohne ihm einen anderen Namen zu geben.

Aber wenn es einen gab...

Sie hatte Sekunden, um es herauszufinden.

Denn das Nichts wartete bereits.
Und es wartete nie lange.

13

Elena starrte auf das Buch.
Ihr Name, geschrieben mit feuchter Tinte, die
Buchstaben setzten sich noch im Papier fest, wie
Blut auf einer weißen Leinwand.
Ihr Puls pochte gegen ihre Rippen.
„Löschen Sie ihn", sagte sie.
Pater Petrescu rührte sich nicht.
„So funktioniert das nicht."
Elenas Hände krampften sich zusammen.
„Dann werde ich es verbrennen."
„Sie können es natürlich versuchen", murmelte er.
„Aber der Name ist schon vergeben."
Sie schluckte.
Ihr eigener Atem klang zu laut in der schweren
Stille des Raumes.
Die Kerze auf dem Schreibtisch flackerte.
Die Schatten vertieften sich.
Und irgendwo - nicht draußen, nicht in den
Wänden, sondern in den Räumen zwischen ihren
eigenen Gedanken - ...

Das Nichts seufzte.

Es wartete.

Beobachtend.

Ihr Name war bereits ausgesprochen worden.

Jetzt wollte es nur noch...

Sie.

„Und wenn ich niemanden wähle?", fragte sie.

Petrescu atmete aus und strich mit seinen Fingern über den Rand des Buches.

„Dann wird sich das Nichts gnadenlos für Sie entscheiden."

Elenas Magen wurde zu Eis.

Sie wusste bereits, was das bedeutete.

Es würde nicht nur sie nehmen.

Es würde mehr brauchen.

Sie biss die Zähne zusammen.

Es musste einen anderen Weg geben.

Sie hatte diese Dunkelheit schon einmal überlistet.

Oder etwa nicht?

Hatte sie das Unvermeidliche vielleicht nur hinausgezögert und somit das Leiden verlängert?

Ihre Gedanken drehten sich.

Wurden unsicher.

Denn war sie nicht schon einmal hier gewesen?

In einem anderen Raum.

Mit einer anderen Stimme, die ihr das Gleiche sagte?

Sie sollte verschwunden sein.

Ersetzt werden.

Aber irgendetwas war schief gelaufen.

Oder war das alles so geplant?

Eine Schleife.

Ein Zyklus.

Etwas Unvollendetes.

Sie hätte nicht hier sein sollen.

Das Nichts versuchte, alles in Ordnung zu bringen.

Und jetzt...

Sie hatte mit Sicherheit nur noch Sekunden.

Die Kerze flackerte wieder.

Und dann...

erlosch das Licht.

Elenas Atem stockte.

Die Schatten dehnten sich ins Unendliche aus.

Und irgendwo im Raum...

ein Flüstern.

„Es ist jetzt an der Zeit."

Eine Gestalt bewegte sich in der Dunkelheit.

Nicht Petrescu.

Etwas anderes.

Etwas, das auf ihre Antwort gewartet hatte.

Oder auch schlimmer -

Es hatte sich bereits für sie entschieden.

Ihr Puls schlug heftig.

Sie musste sich bewegen.

Sie musste rennen.

Sie musste die Regeln neu schreiben, bevor die Regeln sie neu schrieben.

Denn wenn sie an dieser Stelle nicht zu ihrem Gunsten eingriff...

würde dieses Mal überhaupt nichts von ihr übrig bleiben.

14

Die Dunkelheit war nicht leer.

Sie war dicht, schwer, drückte auf ihre Rippen, als wäre die Luft selbst zu Stein geworden.

Elenas Herzschlag verlangsamte sich.

Zu langsam.

Als würde die Welt versuchen, sie in die Tiefe zu ziehen.

Das Flüstern kam wieder.

„Es ist Zeit." Diesmal mit mehr Nachdruck.

Etwas bewegte sich in der Dunkelheit.

Keine Schritte.

Kein Atmen.

Nur eine Präsenz.

Ein langsames, sich verlagerndes Gewicht, das sich um die Ränder des Raumes schlängelte und in die Lücken drückte, wo einst Licht gewesen war.

Elenas Finger krallten sich um den Holzrahmen des Stuhls.

Sie würde nicht zulassen, dass es sie übernahm.

Nicht ohne einen Kampf.

Ihr Verstand arbeitete schnell.

Ein Name für einen Namen.

Eine Wunde für eine Wunde.

Das war immer die Regel gewesen.

Aber Regeln konnten umgeschrieben werden.

Sie mussten einfach umgeschrieben werden können!

Der alte Priester hatte sich nicht bewegt.

Er saß noch immer am Schreibtisch, die Finger um das aufgeschlagene Buch gelegt.

Sein Gesicht war nicht zu ergründen - nicht ruhig, nicht ängstlich, nur... wartend.

Als ob er bereits seinen Frieden gemacht hätte.

Elena biss die Zähne zusammen.

„Wenn ich ihm einen anderen Namen gebe", sagte sie und zwang die Worte über ihre Lippen, "wird dieses Ding mich dann in Ruhe lassen?"

Eine Pause.

Dann…

„Eine Zeit lang."

Ihre Brust spannte sich an.

Das war nicht gut genug.

Sie wollte keinen Aufschub.

Sie wollte einen richtigen Ausweg.

Einen Weg, diesen Kreislauf wirklich zu durchbrechen, bevor er sie ganz verschluckte.

Das Flüstern kam wieder.

„Du kennst die Antwort bereits."

Elena stockte der Atem.

Denn - es war richtig.

Sie wusste es.

Die Erkenntnis fügte sich ein, als würden die Zähne zusammenklappen.

Sie hatte zu klein gedacht.

Ein Name für einen Namen.

Eine Wunde für eine Wunde.

Aber was, wenn...

Was, wenn es nicht nur einer sein müsste?

Ihre Finger zitterten, als sie nach dem Buch griff.

Vater Petrescu hat sie nicht aufgehalten.

Er sprach nicht.

Er sah nur zu.

Elenas Name war immer noch da - dunkle, schwere Tinte, frisch wie eine Wunde, die sich nicht schließen wollte.

Aber es war nicht der einzige Name auf der Seite.

Da waren noch andere.

Alte Namen.

Namen von Vergessenen.

Namen, die bereits vergeben waren.

Einige waren durchgestrichen.

Einige warteten noch.

Ein Name für einen Namen.

Eine Wunde für eine Wunde.

Aber wenn das Nichts ein Gleichgewicht wollte...

Was geschah, wenn die Waage zerbrach? Wenn die Balance aufgehoben wurde.

Elena holte zitternd Luft.

Dann...

Sie sprach alle Namen aus, die sie lesen konnte.

Jeden einzelnen.

Der Raum erbebte.

Die Kerze, die längst ausgebrannt war, flackerte wieder auf.

Nur...

Die Flamme war nicht richtig.

Sie brannte schwarz.

Die Luft riss auf.

Nicht wie eine Tür.

Nicht wie eine Wunde.

Wie ein Mund, der sich weit öffnet.

Und aus dem ausgehöhlten Dunkel zwischen den Wänden...

Die Namen, die sie gesprochen hatte, antworteten zurück.

Die Toten blieben hier nicht begraben.

Und jetzt...
kamen sie nach Hause.

15

Die Luft zerriss.
Nicht mit einem Geräusch.
Nicht mit einem Schrei.
Sondern durch eine Abwesenheit.
Ein Raum, in dem etwas weggesperrt, vergessen,
ausgelöscht worden war, jetzt drängte alles mit
unbändiger Macht zurück.
Elena spürte die Kraft, bevor sie es sah.
Den plötzlichen Druck im Raum, wie eine
Menschenmenge, die sich zu dicht drängt.
Die Wände wackelten nicht.
Die Möbel bewegten sich nicht.
Aber etwas hatte sich verschoben.
Etwas war hier.
Und es war nicht allein.

Die Kerze brannte immer noch schwarz.
Eine langsame, kriechende Flamme, flackernd
ohne Wärme, die Schatten warf, die sich nicht

richtig bewegten.

Das Buch in ihren Händen zitterte.

Die Tinte - ihr Name, die anderen - verteilte sich auf den Seiten, die Buchstaben lösten sich in dunklen Adern auf, drehten und streckten sich, als wollten sie entkommen.

Pater Petrescus Atem ging stoßweise.

„Elena", flüsterte er.

Aber sie konnte nicht sprechen.

Konnte nicht atmen.

Denn die Namen antworteten.

Sie kehrten zurück.

Und mit ihnen...

das Andere.

Es begann mit einem Flüstern.

Leise, direkt unter ihrer Haut.

Dann viele Flüstertöne.

Überschneidungen.

Sie drängten nach vorne, schlichen sich in ihre Gedanken und füllten den Raum, in dem ihre eigene Stimme hätte sein sollen.

Und dann...

sprachen sie.

„Du kannst uns nicht ungeschehen machen."

Ihr Blut wurde zu Eis.

Die Stimmen waren nicht getrennt.

Sie waren eins.

Ein einziges, hungriges Ding.

Keine Geister.

Keine Erinnerungen.

Überbleibsel.

Namen, die genommen worden waren,
auseinandergerissen, einer nach dem anderen in
das Nichts eingespeist.

Und jetzt hatte Elena alle zurückgerufen.

Nicht ins Leben.

Nicht in den Tod.

Zu einem Dasein dazwischen.

Der Raum verdunkelte sich.

Nicht so, wie wenn die Nacht hereinbricht.

Nicht die Art, wie ein Licht flackert.

Sondern die Art, wie ein Ort zu einem Raum wird,
in dem Dinge nicht existieren sollten.

Die Türöffnung führte nicht mehr nach draußen.

Das Fenster zeigte nichts als ein tiefes, sich
ausdehnendes Schwarz.

Elenas Puls schlug heftig.

Sie hatte etwas falsch gemacht.

Doch vielleicht...

Vielleicht hatte sie auch genau das getan, was das
Nichts wollte.

Petrescu stand neben ihr, sein Körper starr, sein
Gesicht blass.

Seine Lippen bewegten sich kaum, als er flüsterte,

„Sie hätten nur einen einzigen wählen sollen."
Und dann...
Der Boden gab nach.
Die Welt stürzte ein.
Und Elena fiel.

16

Elena war am Fallen.
Nicht so, wie man im Traum fällt, wenn die Luft einen verschluckt und man aufwacht, kurz bevor man auf dem Boden aufschlägt.
Dieser Fall war tiefer.
Von schwarzer Dunkelheit umhüllt.
Als wäre sie über den Rand der Welt gestolpert und dort gab es nichts mehr, was sie auffangen konnte.
Das Geflüster war immer noch da - überall um sie herum.
Hunderte von Stimmen.
Tausende.
Einige murmelten. Einige lachten. Einige schrien.
Und unter ihnen allen war diese eine Stimme.
Das Nichts selbst.
Es sprach mit ihrer Stimme.
„Du hast sie zurückgerufen."

„Du hast das Portal geöffnet."

„Jetzt musst du sehen, was dahinter wartet."

Und dann...

Der Sturz stoppte unvermittelt.

Aber sie schlug nicht auf dem Boden auf.

Sie fiel einfach nicht mehr.

Die Welt hatte sich einfach... verschoben.

Als hätte die Existenz beschlossen, dass sie jetzt ganz woanders sein sollte.

Und als sie ihre Augen öffnete...

befand sie sich im Nichts.

Es war nicht das, was sie erwartet hatte.

Kein endloses Schwarz.

Keine verschlungenen Tunnel aus sich windender Erde.

Es war eine Stadt.

Eine perfekte, stille Kopie von Bukarest.

Die Gebäude standen im fahlen Mondlicht, wie erstarrt.

Aber es gab keine Lichter in den Fenstern.

Keine Stimmen.

Überhaupt kein Geräusch.

Als wäre die Welt gebaut, aber nie bewohnt worden.

Elena drehte sich langsam um, ihr Atem ging scharf und flach.

Es fühlte sich komplett falsch an.

Wie eine Kulisse, die aus der Erinnerung gebaut worden war. Aber diese Kulissenstadt hatte vergessen, was sie darstellen sollte.

Sie machte einen Schritt nach vorn.

Ihr Fuß stieß auf Stein.

Die Straße unter ihr erbebte.

Und dann...

Eine Gestalt bewegte sich.

Nicht bei den Gebäuden.

Nicht in den Gassen.

Sondern aus den Schatten selbst.

Es war keine Person.

Es war nicht einmal eine richtige Gestalt.

Nur eine Ansammlung von Dunkelheit, die bewusst geworden war.

Und diese Ansammlung schaute sie an.

Elenas Atem kam schnell und rasend.

„Was ist das?", flüsterte sie.

Die Stimme des Dunklen umspielte sie, sanft und amüsiert.

„Du glaubst, du warst die Erste?"

Die Schatten drehten sich.

Sie begannen sich zu erheben.

Sie formten sich zu etwas fast Menschlichem.

Aber nicht ganz.

Noch nicht.

Aber sie versuchten es.

„Hier kommen sie hin, Elena. Diejenigen, die gegeben wurden. Diejenigen, die genommen wurden."

Und jetzt kam es vielstimmig:
„Sie sind nicht verloren. Sie warten nur."
Die Schatten traten näher.
Ihre Münder öffneten sich.
Und das Geflüster wurde zu Schreien.

17

Die Schreie durchzuckten sie.
Nicht nur ein Ton - ein Gefühl im ganzen Körper.
Es war kein Schmerz.
Es war keine Angst.
Es war Abwesenheit.
Die Stimmen der Verlorenen.
Diejenigen, die ihre Namen genannt hatten.
Diejenigen, die vergessen worden waren.
Und jetzt...
Jetzt rauften sie sich wieder zusammen.
Elena taumelte, ihr Atem ging flach und rasend, sie schnappte nach Luft, die Schatten kringelten sich zu nah, zu dicht.
Es waren keine Geister.

Keine Echos.

Es waren Fragmente.

Bruchstücke von Namen.

Erinnerungen, die zu einem Nichts zerlegt worden waren.

Und jetzt wollten sie wieder ganz sein.

Und sie starrten Elena an.

Die Stimme des grauenvollen Nichts drang durch die Luft.

„Du hast ihnen ihre Namen zurückgegeben, Elena. Jetzt müssen sie entscheiden, was mit ihnen geschehen soll."

Die Schatten bewegten sich.

Nicht alle auf einmal - langsam, vorsichtig, als ob sie das Gewicht ihrer eigenen Existenz testen würden.

Einer von ihnen machte einen Schritt nach vorne.

Es war kein Mann.

Es war keine Frau.

Es war beides und keines von beidem.

Es war der Abdruck eines Körpers, gedehnt und unvollendet, der sich mit jedem Flackern des kalten Lichts der Aushöhlung veränderte.

Aber das Gesicht...

Das Gesicht war ihr eigenes.

Und als es sprach, war seine Stimme die ihre.

„Du hast uns zurückgelassen."

Elena drehte sich der Magen um.

Sie machte einen Schritt zurück.

Die Schatten folgten ihr.

Alle von ihnen.

Sie rückten näher.

„Ich habe das nicht getan", sagte sie mit zitternder Stimme.

Die Schatten lachten.

Kein richtiges Lachen.

Es war ein Geräusch von etwas, das gerade erst gelernt hatte, wie man lacht.

„Du warst es."

„Du hast Maras Platz eingenommen."

„Du hast uns zurückgerufen."

„Und jetzt wollen wir, was uns versprochen wurde."

Das Nichts seufzte.

Erfreut.

Es wartete.

Die Luft bebte.

Die Welt kippte.

Die Schatten drängten sich vor.

Sie streckten sich nach ihr aus.

Sie griffen zu.

Und Elena wusste...

Wenn sie sie berührten, wenn die Schatten sie in

sich hineinzogen,
würde sie diesen Ort nie wieder verlassen können.

Ihre Gedanken rasten.
Ein Name für einen Namen.
Eine Wunde für eine Wunde.
Aber was, wenn...
Was, wenn sie nicht diejenige war, die sich entscheiden musste?
Sie drehte sich abrupt um, ihre Stimme war jetzt kräftiger.
„Du hast recht", sagte sie.
Die Schatten verstummten.
„Ich habe das getan."
„Ich habe dich zurückgerufen."

„Ich habe euch alle zurückgerufen!"
„Aber ich habe mich nie für einen von euch entschieden."
Ihr Atem ging schnell und scharf, ihr Herz pochte in ihrem Schädel.
„Das Nichts nimmt, was ihm gegeben wird."
„Also wähle."
„Nimm dir, was du willst."
Die Luft wurde still.
Das Nichts hielt inne.
Die Schatten zögerten.
Und dann...
wendeten sie sich einander zu.

18

Die Finsternis erzitterte.
Die Schatten drehten sich nach innen.
Zum ersten Mal sahen sie nicht Elena an.
Sie sahen sich gegenseitig an.
Elena konnte jetzt etwas spüren - die Veränderung,
den Bruch im Gleichgewicht.
Ein Name für einen Namen.
Eine Wunde für eine Wunde.
Aber sie hatte ihnen allen ihre Namen
zurückgegeben.
Und in diesem Moment...
Jetzt wartete das Nichts darauf, dass einer von
ihnen den nächsten Schritt machte.
Und sie taten es.
Der erste Schatten bewegte sich.
Nicht auf sie zu.
Auf die anderen zu.
Und dann...
riss er sie auseinander.

Elena bewegte sich nicht.
Atmete nicht.
Die Schatten flüsterten nicht mehr.
Sie schrien.
Nicht vor Angst.

Vor Hunger.

Sie versuchten, sich gegenseitig wieder
aufzunehmen und zu verschlingen.

Sie versuchten, ganz zu sein.

Das Ding, das mit ihrer Stimme gesprochen hatte,
stürzte sich auf ein anderes.

Es griff nach etwas in der Dunkelheit - etwas, das
nicht fest war, nicht real, aber es kämpfte und
wehrte sich.

Und als es das tat...

Das Nichts seufzte.

Als hätte es auf diesen Moment gewartet.

Als ob dieses Dilemma, dieses drohende Chaos
schon immer gekannt hätte.

Man hatte ihnen ihre Namen zurückgegeben.

Aber jetzt mussten sie entscheiden, wer seinen
Namen behalten durfte.

Und der einzige Weg, das zu tun,
war, sich gegenseitig zu verzehren.

Elena wich zurück.

Das Nichts hatte sich aufgelöst.

Oder vielleicht...

Vielleicht baute es sich wieder auf.

Aber dieses Mal wählte es nicht.

Es ließ die anderen wählen.

Das Geflüster wurde zu Schreien.

Die Straßen der leeren Stadt erbebten.

Sie konnte sie jetzt sehen, die Formen, die Gestalt annahmen, manche stärker, manche schwächer.

Und die Schwächeren...

Sie wurden auseinandergezogen.

Zerfetzt in Stränge aus Schatten und Atem.

Namen, die nicht zustande kamen.

Namen verschlungen.

Sie fühlte sich krank.

Fühlte sich kalt an.

Das war nicht das, was sie wollte.

Oder doch?

Sie hatte sich an die Regeln gehalten.

Oder etwa nicht?

Und doch...

Das Nichts war immer noch hungrig.

Es nahm immer noch.

Es fraß immer noch.

Und sie war nicht sicher, ob es jemals aufhören würde.

Etwas strich gegen ihren Arm.

Elena zuckte zusammen und drehte sich blitzartig um.

Aber es war kein Schatten.

Es war Vater Petrescu.

Sein Gesicht war blass, mit einem grimmigen und wissenden Ausdruck.

„Du musst gehen."

Ihr Magen verdrehte sich.

„I…"

„Jetzt."

Seine feste Stimme ließ keinen Raum für Diskussionen.

Die Stadt um sie herum war nicht mehr stabil.

Das Nichts zerfiel, faltete sich, formte sich neu.

Und Elena erkannte mit einem scharfen, kalten Blick...

Es brauchte sie nicht mehr.

Sie war der Funke gewesen.

Die Hand, die das Schloss gedreht hatte.

Aber die Tür war jetzt weit geöffnet.

Und was auch immer als nächstes kam...

Sie wollte nicht hier sein, um es zu erleben.

Sie lief weg.

Und das Nichts ließ sie gehen.

Fürs Erste.

19

Elena rannte.
Der Boden unter ihr war nicht standfest.
Er bewegte sich, pulsierte, als würde sie über die
Oberfläche von etwas Lebendigem laufen.
Das Nichts war noch nicht fertig.
Nicht mit den Schatten, die sich gegenseitig
zerfetzten und darum kämpften, ganz zu sein.
Nicht mit ihr.
Es hatte sie gehen lassen.
Aber nicht vollständig.
Nicht ganz. Noch nicht.

Vorübergehend.
Sie konnte immer noch spüren, wie es an den
Rändern ihres Namens zerrte.
Als ob es das Gewicht ihrer Existenz testen würde.
Als würde es entscheiden, ob es sie doch behalten
sollte.

Pater Petrescu lief neben ihr her.
Sein Atem kam in flachen, röchelnden Atemzügen,
sein gebrechlicher Körper hielt kaum Schritt.
Er sollte nicht hier sein.
Nicht in dieser Finsternis.
Nicht an diesem Ort.
Aber er war ihr dorthin gefolgt.

Und jetzt...

Jetzt mussten sie den Weg nach draußen finden.

Vor ihnen dehnten sich die dunklen Straßen endlos aus, ein Bukarest, das nicht real war.

Eine Stadt aus der Erinnerung, aus gestohlenen Namen, aus Orten, die bereits verblasst waren.

„Wo ist der Ausgang?", rief sie.

Der alte Priester antwortete nicht.

Weil er es nicht wusste.

Vielleicht gab es keinen.

Vielleicht hatte es nie einen gegeben.

Vielleicht war dieser Ort nie dafür gedacht gewesen, dass man ihm entkommen sollte.

Ein Flüstern huschte durch die Luft.

Nicht von hinten.

Nicht von den Schatten, die sich immer noch selbst verschlangen.

Es kam von vorne.

Es wartete.

„Dachtest du, du könntest gehen?"

Elena kam ins Straucheln und blieb stehen.

Petrescu tat es ihr gleich.

Und dort, in der Mitte der Straße, unter dem hohlen Schein einer Straßenlaterne, die kein richtiges Licht spendete - stand sie.

Sie.

Nicht ein Schatten.

Kein Fleck auf dem Glas.

Keine Reflexion.

Eine perfekte, unberührte Version ihrer selbst.

Ganz und gar.

Lächelnd.

Und wartend.

„Du hast ihnen ihre Namen zurückgegeben", sagte die andere Elena.

„Aber du hast ihnen nie deinen eigenen gegeben."

Ihr Atem stockte.

„Du schuldest dem Nichts immer noch einen Namen, Elena. Und jetzt ist es gekommen, um ihn sich zu holen."

20

Elena konnte sich nicht bewegen.

Die Luft um sie herum summte, erfüllt von etwas, das sie nicht benennen konnte, etwas, das sie erkannte, das sie wollte, etwas, das auf sie gewartet hatte.

Die andere Elena - die perfekte Elena - stand im Schein der Straßenlaterne.

Sie war kein Spiegelbild.

Sie war kein Schatten.

Sie war real.

Oder zumindest so real, wie Elena es einst gewesen war.

„Du schuldest mir noch einen Namen", flüsterte die andere Elena.

Ihre Stimme war sanft. Geduldig.

So wie eine Mutter zu einem Kind spricht, das noch nicht weiß, wie die Welt funktioniert.

„Du kannst die Regeln nicht ändern. Das weißt du doch."

Eine kalte Welle des Verständnisses überkam sie.

Das Nichts hatte Maras Namen angenommen, aber das war nur eine vorübergehende Notlösung gewesen.

Denn Elena war diejenige gewesen, die ausgelöscht werden sollte.

Sie war ein Fehler. Ein Fehler im Nichts.

Eine unbezahlte Schuld.

Und Schulden - die wurden immer fällig.

Pater Petrescu sprach zuerst.

„Sie gehört nicht zu dir."

Die andere Elena wandte ihren Blick zu ihm.

Sie lächelte.

„Sie gehört nirgendwo hin."

Elenas Brust zog sich zusammen.

Die Worte hätten nichts bedeuten dürfen.

Sie hätten nicht wehtun dürfen.

Aber das taten sie. Ganz doll sogar.

Denn sie waren wahr.

Sie war durch die Fugen gerutscht.

Sie war geflohen, als es eigentlich nicht hätte gelingen dürfen und können.

Und jetzt brachte das Nichts die Dinge wieder in Ordnung.

Die andere Elena legte den Kopf schief.

„Du weißt, was du zu tun hast."

Elenas Atem ging stoßweise.

Sie wusste es.

Und das war das Schlimmste daran.

Denn das Nichts hat nicht einfach genommen.

Es wartete.

Auf eine Entscheidung.

Auf einen willigen Namen.

Auf jemanden, der freiwillig vortritt.

„Wähle, Elena", flüsterte die Andere.

„Oder ich werde für dich wählen."

Der Boden unter ihr erbebte.

Nicht heftig.

Nicht wie bei einem Erdbeben.

Eher wie... ein langsamer, tiefer Atemzug.

Das Nichts beobachtete sie.

Es wartete.

Wenn Elena sich nicht entschied, würde das Nichts sie holen.

Oder schlimmer noch.

Es würde Petrescu holen.

Ihre Kehle fühlte sich eng und rau an.

„Es muss einen anderen Weg geben", flüsterte sie.

Die andere Elena lächelte.

„Es gibt keinen."

Elena ballte die Fäuste.

Sie war von Anfang an auf der Flucht gewesen.

Seit dem ersten Geflüster.

Seit dem ersten Zeichen, dass sie nicht dazugehörte.

Aber was, wenn...

Was, wenn sie aufhörte zu rennen?

Was, wenn sie dem Nichts gab, was es wollte?

Ihr Herzschlag verlangsamte sich.

Stabilisierte sich.

Sie hatte eine Idee.

Eine gefährliche Idee.

„Gut", flüsterte sie.

„Dann wähle ich."

Und sie nannte einen Namen.

Ihren eigenen.

Die Welt blieb stehen.

Die Luft hielt den Atem an.

Selbst die Schatten - sogar das Nichts selbst - hielten inne.

Die andere Elena runzelte die Stirn.

Zum ersten Mal wirkte sie unsicher.

„Das kannst du nicht tun."

Elena hob ihr Kinn.

„Ich habe es gerade getan."

Denn wenn das Nichts einen willigen Namen wollte...

Dann würde sie ihm einen geben.

Aber sie würde nicht zulassen, dass sie ausgelöscht wurde.

Sie würde in es hineingehen.

Es von innen heraus zerlegen.

Die Regeln brechen, indem sie alle befolgte.

Die andere Elena öffnete ihren Mund, um zu sprechen.

Aber bevor sie es konnte...

schloss sich das Nichts.

Die Straße verschwand.

Das Licht flackerte aus.

Und Elena war weg.

21

Es gab kein Auf.

Kein Ab.

Keine Luft.

Kein Geräusch.

Elena hatte das Nichts betreten, aber es fühlte sich nicht wie ein Ort an.

Es fühlte sich an wie ein Gedanke.

Eine Erinnerung, halb geformt, flackernd an den Rändern von etwas, das nie dazu bestimmt war, erinnert zu werden.

Sie war nicht gefallen.

Sie stand nicht.

Sie war einfach nur da.

Und dann...

sprach das Nichts.

Aber dieses Mal flüsterte es nicht.

Es hörte zu.

„Du hast mir deinen Namen gegeben. Warum?"

Elenas Stimme klang dünn.

„Weil ich sehen wollte, was da drin ist."

Das Nichts antwortete nicht.

Es bewegte sich, schlängelte sich um sie herum und drückte gegen die Form ihrer Existenz.

Sie konnte die fremden Gedanken spüren, sie

drückten sich in ihre Haut, ihre Knochen, ihren Geist.

Das Nichts forschte.

Es suchte.

Es hatte ein Opfer erwartet.

Einen Körper zum Verzehren.

Einen Namen zum Auslöschen.

Aber Elena hatte ihm keinen Namen zum Verzehren gegeben.

Sie hatte ihm einen starken Namen gegeben, um es zu brechen.

Sie spürte, wie das Nichts gegen sich selbst ankämpfte.

Es faltete sich.

Es löste sich auf, manifestierte sich wieder.

Es war nicht dazu bestimmt, jemanden wie sie zu halten.

Jemanden, der freiwillig hineingegangen war.

Jemand, der nicht gekommen war, um genommen zu werden, sondern um zu nehmen.

Elena fühlte großes Wohlbefinden.

„ Du weißt nicht, was du mit mir machen sollst, oder?"

Das Nichts zitterte.

Die Welt um sie herum verdrehte sich.

Die Dunkelheit lichtete sich.

Und plötzlich konnte sie sehen.

Nicht nur das Innere der Höhle, der verschlingenden Dunkelheit, sondern alles.
Die Stadt.
Die vergessenen Orte.
Die Menschen, die verschluckt und zurückgelassen worden waren.
Diejenigen, die auf jemanden gewartet hatten, der sie befreit.
Das Nichts hatte sich seit Jahrhunderten ernährt.
Aber es war nicht lebendig.
Es war kein Ding.
Es war eine Wunde.
Eine Wunde, die geheilt werden konnte.
Oder...
Sie konnte tiefer geschnitten werden.
Und Elena hatte das Messer.
Sie flüsterte eine letzte Sache.
„Lass sie gehen."
Und damit...
riss sie die Finsternis auseinander.

Die Straßenlaterne flackerte.
Die Gebäude bebten.
Elena öffnete ihre Augen.
Sie war wieder da.
Nicht in einer dunklen Höhle.
Nicht in dem leeren Raum zwischen den Namen.
Sondern in Bukarest.
Vater Petrescu starrte sie an.

Das Buch aus dem Kloster war weg.
Die Schatten waren verschwunden.
Die Welt war still.
Als hätte es das Nichts nie gegeben.
Als ob es überhaupt nie real gewesen wäre.
Aber sie kannte die Wahrheit.
Es war weg, weil sie es ausgelöscht hatte.
Ein Name für einen Namen.
Eine Wunde für eine Wunde.
Sie hatte sich dem Nichts hingegeben.
Und indem sie das tat...
hatte sie es mit sich genommen.

Petrescu sprach zuerst.
„Ist es vorbei?"
Elena antwortete nicht.
Sie sah auf ihre Hände hinunter.
Ihr Körper fühlte sich fest an.
Ganz.
Sie war immer noch hier.
Immer noch real.
Aber etwas in ihr war anders.
Sie war sich noch nicht sicher, was.
Nicht ganz.
Aber sie konnte es immer noch fühlen.
Nicht die Leere.
Nicht den Hunger.
Nur ein Flüstern.

Es wartete.

Denn nichts so Altes, nichts so Hungriges...

stirbt jemals wirklich.

Und als sie Petrescus Haus verließ und zurück in die wache Welt ging...

wusste sie, dass es eines Tages wieder rufen würde.

Und dieses Mal...

würde sie antworten.

EIN ENDE?

Das Nichts war weg.
Das war das, was Elena sich lange sagte.
Sie hatte die Worte gesprochen, den Preis bezahlt,
die Wunde geschlossen.
Und doch...
träumte sie auch jetzt nach Monaten noch immer
davon.
Nicht so, wie man von seinem Elternhaus träumt,
verblasst und an den Rändern aufgeweicht.
Nein.
Die Träume des Nichts waren zu scharf.
Zu real.
Wie eine Tür, die sie zugeschlagen hatte, nur um
festzustellen, dass der Schlüssel noch in ihrer
Handfläche brannte.

Mitten in der Nacht wachte sie auf.
Die Luft in ihrer Wohnung war zu ruhig.
Nicht kalt. Nicht warm.
Nur ... abwartend.
Elena schob die Bettdecke beiseite und setzte sich
langsam auf.
Die Stadt draußen war still, die Neonlichter des
Boulevards warfen dumpfe Schatten auf ihre

Wände.

Sie redete sich ein, dass alles in Ordnung war.

Sie war wieder da.

Sie war zu Hause.

Sie war frei.

Aber dann...

sah sie den Spiegel.

Es war ein kleines Ding.

Nur ein billiges Rechteck aus Glas, das an der Außenseite ihrer Schranktür hing.

Sie hatte tausendmal hineingeschaut.

Hatte ihr Haar gebürstet, ihren Kragen zurechtgerückt, ihre Augen auf Anzeichen von Erschöpfung überprüft.

Aber dieses Mal...

Etwas schien anders.

Ihr Spiegelbild war natürlich immer noch da.

Dasselbe dunkle Haar, dasselbe müde Gesicht.

Aber das Licht war falsch.

Dunkler.

Als würde der Spiegel nicht nur sie reflektieren, sondern eine andere Version ihrer Welt.

Elena stand langsam auf, ihr Herz schlug wie eine gleichmäßige Trommel in ihren Rippen.

Sie ging einen Schritt näher heran.

Das Glas beschlug leicht mit ihrem Atem.

Sie hob ihre Hand.

Ihr Spiegelbild tat dasselbe.

Doch gerade als ihre Fingerspitzen die Oberfläche berührten...

Das Bild zitterte.

Wie Wellen auf einem stillen Teich.

Und ihr Spiegelbild...

lächelte.

Sie hatte nicht gelächelt.

Eine Welle lief ihr eisig den Rücken herunter.

Das Nichts war nicht verschwunden.

Es hatte sich nur bewegt.

Es hatte sich verlagert.

Es hatte seine Form verändert.

Es wartete nicht mehr in Valea Nair.

Es war hier.

Bei ihr.

In ihr.

Elena wich zurück, ihr Atem ging stockig, ihre Haut war kalt.

Das Spiegelbild bewegte sich nicht.

Es stand einfach nur da.

Es beobachtete.

Es wartete.

Und dann...

flüsterte es, mit ihrer eigenen Stimme:

„Du hast doch nicht wirklich geglaubt, dass es vorbei ist, oder?"

ENDE VON TEIL ZWEI

TEIL DREI

1

Elena Vasile hatte drei Tage lang beobachtet, wie die Stadt wieder verschwand und vergaß.
Am Anfang war es nicht offensichtlich gewesen.
Ein Café, von dem sie geschworen hatte, dass es immer an der Ecke war, war plötzlich verschwunden und durch eine Kleiderboutique ersetzt worden, die sie nicht kannte.
Eine Straßenbahnlinie, die sie unzählige Male genommen hatte, war einfach... nicht mehr da.
Sie hatte sich eingeredet, dass es nichts war. Nur ein Versehen. Nur ein Fehler.
Aber dann kam der schlimmste Teil.
Der Teil, den sie nicht ignorieren konnte.
Die Leute fingen erneut an, sie zu vergessen.

Es begann mit der alten Frau in der Bäckerei.
Seit mindestens einem Jahr ging Elena jeden Morgen dorthin.
Die Frau erinnerte sich immer an ihre Bestellung - zwei Covrigi, ein Kaffee, kein Zucker.
Aber heute, als sie hereinkam, glitt der Blick der Frau an ihr vorbei.

Als ob sie nicht da wäre.

Als wäre sie nie da gewesen.

„Was kann ich Ihnen bringen?", fragte die Frau.

Nicht in einem vertrauten Ton.

Nicht in der Art, wie sie es sonst tat.

Sondern so, als wäre Elena nur irgendeine weitere Kundin.

Elena zögerte.

„Erinnern Sie sich nicht an mich?"

Die Frau runzelte die Stirn.

„Sollte ich?"

Elena drehte sich der Magen um.

Sie zwang sich zu einem Lächeln, murmelte etwas davon, dass sie eine neue Kundin sei, bezahlte ihren Kaffee und ging hinaus in die kalte Morgenluft.

Und da sah sie ihn wieder.

Der Mann mit dem Mantel.

Beobachtend.

Er wartete.

Und als sie blinzelte...

war er verschwunden.

Das nächste Zeichen kam in der folgenden Nacht.

Elena war auf dem Heimweg, als sie Ana, eine alte Freundin von der Universität, überholte.

Sie hatten unzählige Nächte damit verbracht, in den Wohnungen der jeweils anderen Wein zu trinken und sich über Termine, über Männer und über die Last ihrer eigenen Erwartungen zu beklagen.

Ana hätte sie sofort erkennen müssen.

Aber das tat sie nicht.

Stattdessen schenkte sie ihr nur ein höfliches, aber distanziertes Lächeln.

Die Art, die man einem Fremden schenkt.

„Entschuldigen Sie", sagte Ana, als sie an ihr vorbeiging.

Elena stockte der Atem.

„Ana."

Ana drehte sich zu der Spaziergängerin.

Sie runzelte die Stirn.

„Kenne ich Sie?"

Elenas Magen sackte in sich zusammen.

Sie öffnete den Mund, aber es kamen keine Worte heraus.

Denn die Wahrheit war plötzlich furchtbar klar.

Es waren ganz sicher nicht nur Orte, die verschwanden.

Es war sie selbst. Sie verschwand, indem sie von allen anderen langsam aber sicher vergessen wurde.

Elena kam nach Hause und schloss die Tür hinter sich ab.

Sie atmete zu schnell.

Sie holte ihr Handy heraus und scrollte durch ihre Kontakte.

Namen. Nummern. Beweise.

Aber einige der Kontakte waren... fehlerhaft.

Leute, von denen sie geschworen hätte, dass sie die Adressen gespeichert hätte, fehlten.

Als hätte es sie nie gegeben.

Eine kalte, kriechende Angst machte sich in ihrer Brust breit.

Sie schaltete das Licht im Badezimmer an.

Trat an den Spiegel heran.

Ihr eigenes Gesicht starrte zurück.

Dieselben dunklen Augen, derselbe müde Ausdruck.

Aber irgendetwas an ihrem Spiegelbild fühlte sich... verdreht an.

Als ob ihr Bild sie so ansah, wie Ana sie angesehen hatte.

Als ob es sie nicht ganz erkennen würde.

Und dann, bevor sie sich bewegen konnte...

bevor sie überhaupt atmen konnte...

blinzelte ihr Spiegelbild.

Und dieses Mal hatte Elena es ganz ganz sicher nicht getan.

2

Elena schlief in dieser Nacht nicht.
Nicht wirklich.
Sie lag im Bett, die Lampe an, die Augen auf die
Zimmerdecke gerichtet, und wartete auf den
Moment, in dem sich die Welt wieder verändern
würde.
Das geschah immer nachts.
Das Nichts hatte immer die Dunkelheit bevorzugt.
Es war die Dunkelheit.
Aber in dieser Nacht kam nichts.
Kein Geflüster.
Kein flackerndes Licht.
Keine Gestalten, die jenseits des Spiegels warteten.
In der Morgendämmerung war sie fast überzeugt,
dass sie sich das Ganze nur eingebildet hatte.
Beinahe.
Dann sah sie den Zettel.

Er lag auf ihrem Nachttisch.
Ein einzelnes Blatt Papier, einmal gefaltet,
vollkommen gleichmäßig.
Sie hatte ihn dort nicht hingelegt.
Sie hatte nichts geschrieben.
Ihr wurde ganz mulmig zumute.
Langsam hob sie ihn auf, die Fingerspitzen

streiften über den rauen Rand des Papiers.

Dann faltete sie den Zettel auseinander.

Die Handschrift war ihre.

Scharf. Kontrolliert.

Aber sie konnte sich nicht daran erinnern, ihn geschrieben zu haben.

Es waren nur vier Worte.

„Du hast etwas zurückgelassen."

Elenas Atem stockte.

Ihre Finger krampften sich um den Zettel.

Und zum ersten Mal seit Monaten...

spürte sie, dass das Nichts sie wieder beobachtete.

Sie bewegte sich schnell.

Warf sich die Kleidung über. Schnappte sich ihre Tasche.

Sie brauchte Antworten.

Etwas Greifbares.

Etwas Reales.

Das Nichts arbeitete mit Auslöschung, mit Auflösung.

Wenn sie wieder zu entschwinden drohte, wenn die Realität sich wieder veränderte, musste sie dem zuvorkommen.

Sie brauchte den Beweis, dass sie noch hier war.

Immer noch real.

Sie verließ die Wohnung, ihr Atem trübte sich in der Morgenluft.

Sie wusste, wohin sie gehen musste.

In die Archive.

Elena fuhr mit der Straßenbahn durch die Stadt und ignorierte, dass sich die Straßen substanzloser, dünner anfühlten.

Als ob sich die Räume zwischen den Gebäuden dehnten, als ob sich etwas neu anordnete, während sie nicht hinsah.

Sie schob den Gedanken beiseite.

Das Nationalarchiv war ein ruhiger Ort, erfüllt von dem Geruch von Papier, Staub und vergessenen Dingen.

Sie hatte hier schon einmal gearbeitet, in einem anderen Leben.

Einem Leben vor dem Nichts.

Bevor sie wusste, wozu es fähig war.

Der Angestellte an der Rezeption - ein Mann, den sie mit Namen kannte - blickte auf, als sie sich näherte.

Und dann...

Sein Gesicht wurde leer.

„Kann ich Ihnen helfen?"

Ihr wurde flau im Magen.

„Ich bin's", sagte sie zu schnell.

„Elena. Ich habe früher hier gearbeitet."

Der Angestellte runzelte die Stirn.

Er schüttelte den Kopf.

„Das glaube ich nicht."

Elenas Atem wurde flach.

Sie beugte sich vor, mit tiefer, dringender Stimme.

„Überprüfen Sie die Unterlagen."

Der Beamte zögerte.

Dann seufzte er und wandte sich seinem Computer zu.

Er tippte.

Scrollte.

Hielt inne.

Dann schüttelte er wieder den Kopf.

„Es gibt keine Aufzeichnungen darüber, dass eine Elena Vasile hier gearbeitet hat."

„Das ist unmöglich."

Ihre Stimme klang scharf, zu laut.

Aber tief im Inneren...

Sie wusste bereits, was geschehen war.

Es hatte begonnen.

Das Nichts holte sie zurück.

Und dieses Mal wollte es sicherstellen, dass nichts von ihr zurückblieb.

3

Elena verließ das Archiv, ohne zu sprechen.
Ohne zu atmen, jedenfalls beinahe.
Sie trat auf die Straße, die eiskalte Luft schlug ihr
ins Gesicht, ihr Verstand holte sie immer noch ein.
Ihr Name war verschwunden.
Nicht nur ausgelöscht - gar nicht vorhanden.
Sie verlor die Zeit.
Sie verlor sich selbst.
Sie zog ihren Mantel fester um sich, bewegte sich
schnell und versuchte, dem Gefühl zu entkommen.
Aber sie war nicht allein.
Sie konnte es spüren.
Das Gewicht der Augen auf ihrem Rücken.
Sie beobachteten.
Sie warteten.
Und als sie um die Ecke bog...
sah sie ihn.
Den Mann im dunklen Mantel.
Er stand unter einer Straßenlaterne, die keinen
Schatten warf.

Elena stockte der Atem.
Der Mann bewegte sich nicht.
Er stand einfach nur da.
Er beobachtete sie.

Sie hatte ihn schon einmal gesehen, vor der Bäckerei, in der Straßenbahn, auf einer Straße, die nun nicht mehr existierte.

Immer nur am Rande ihres Blickfeldes.

Immer war er verschwunden, wenn sie blinzelte.

Aber jetzt...

Jetzt war er hier.

Handfest.

Echt.

Bis auf eine Sache.

Das Licht der Straßenlaterne fiel auf den Bürgersteig, aber er warf keinen Schatten. Das Licht fiel also durch ihn hindurch.

Elena schluckte schwer.

Sie machte einen langsamen Schritt vorwärts.

„Wer sind Sie?"

Der Mann legte den Kopf schief.

Und dann...

lächelte er.

Die Straße um sie herum war viel zu still.

Die üblichen Geräusche von Bukarest - das Brummen des Verkehrs, das ferne Gemurmel der Stimmen - waren verklungen.

Es war, als wäre die Welt zurück getreten und hätte ihnen beiden Raum gegeben, die Welt überlassen.

Elenas Puls hämmerte.

Sie machte einen weiteren Schritt nach vorne.

„Was wollen Sie?"

Der Mann sprach nicht.

Er blinzelte nicht.

Dann, endlich, mit einer Stimme so leise wie brennendes Papier.

„Sie haben etwas zurückgelassen."

Elenas Blut wurde kalt.

Die gleichen Worte wie auf dem Zettel.

Ihre Finger ballten sich zu Fäusten.

„Was habe ich zurückgelassen?"

Der Mann seufzte.

Kein menschlicher Seufzer.

Etwas Altes.

Etwas Finsteres.

„Dich."

Die Straßenlaterne flackerte.

Die Luft wurde dünner.

Elena spürte, wie sich die Stadt wieder bewegte, als würde sich etwas unter ihren Füßen auflösen.

„Das ist nicht möglich", flüsterte sie.

Aber der Mann lächelte nur.

„So? Was ist nicht möglich? Alles ist möglich!"

Der Boden schwankte.

Die Gebäude schwankten.

Und dann...

Die Welt riss auf. Wie eine Leinwand, die zerreißt und den Blick hinter sie in eine andere Welt freigibt.

Nur für eine Sekunde.

Gerade lange genug.

Und in dieser Sekunde sah Elena dieses Andere.

Nicht die Straße.

Nicht die Stadt.

Sondern das schwarze Nichts.

Es wartete.

Es rief sie zurück.

Sie keuchte, taumelte zurück…

Und als sie blinzelte...

war der Mann verschwunden.

Aber seine Worte blieben in ihrem Gedächtnis.

„Du hast etwas zurückgelassen."

Und zum ersten Mal wurde Elena etwas klar.

Vielleicht war sie überhaupt nie wirklich
weggegangen.

4

Der Mann war verschwunden.

Aber Elena konnte seine Anwesenheit immer noch
spüren, wie das Drohende eines Sturms, der sich
noch nicht vollständig gelegt hat.

Die Welt hatte sich wieder verwandelt.

Das konnte sie klar spüren.

Nicht nur daran, dass sich die Luft zu dünn anfühlte, oder daran, dass sich die Gebäude am Rande ihrer Sichtweite zu neigen schienen.

Sondern an etwas Schwerwiegenderem.

Etwas Falsches.

Die Stadt faltete sich um sie herum und versuchte, sie vergessen zu machen.

Und dann sah sie es.

Das Haus.

Das, das nicht da sein sollte.

Es stand am Ende der Straße.

Drei Stockwerke hoch, mit verschlossenen Fenstern und einer Tür, die nie geschlossen blieb.

Sie war schon einmal hier gewesen.

Vor Monaten.

An dem Ort, an dem sie Mara Drăculeşti zuletzt gesehen hatte.

Wo das Nichts ein weiteres Mal versucht hatte, sie zu ergreifen.

Hier war es versiegelt worden.

Verschlossen hinter dem Namen, den sie ihm gegeben hatte.

Warum also war das Gebäude jetzt wieder hier?

Elena machte einen langsamen Schritt nach vorne.

Sie sagte sich, sie sollte besser umdrehen.

Weggehen.

Aber die Tür war bereits offen.

Und wartete. Und war Wegrennen überhaupt eine dauerhafte Option?

Die Luft im Inneren war dick. Zum Schneiden.

Nicht staubig.

Nicht abgestanden.

Aber erfüllt.

Als hätte das Haus den Atem angehalten, um auf ihre Rückkehr zu warten.

Elena schritt über die Schwelle.

Die Tür schwang mit einem leisen Klicken hinter ihr zu.

Kein Wind.

Kein Luftzug.

Nur... Absicht.

Sie atmete aus.

Ihre Stiefel ließen den Holzboden knarren.

Das Haus war vorher leer gewesen.

Jetzt war es nicht mehr unbewohnt.

Etwas war eingezogen.

Oder vielleicht...

Es war nie weg gewesen.

Sie ging durch die Eingangshalle und streifte mit den Fingern über die alte Tapete.

Die Luft veränderte sich, während sie sich

bewegte, als würde sie durch Erinnerungen gehen, die nicht die ihren waren.

Dann sah sie es.

Ein Buch.

Es lag auf dem Schreibtisch neben dem Fenster.

Das gleiche Tagebuch, das sie vor Monaten verbrannt hatte.

Dasselbe, das Cătălina Moraru, ihrer Schwester, gehört hatte.

Ihr drehte sich der Magen um.

Sie griff nach dem Buch.

Schlug es auf.

Und da, auf der letzten Seite, stand ihre eigene Handschrift.

„Du hast etwas zurückgelassen."

Elena stockte der Atem.

Das hatte sie definitiv nie geschrieben.

Oder doch?

Die Schatten in der einen Ecke des Zimmers bewegten sich.

Ein Flüstern säuselte durch die Luft, viel zu nahe an ihrem Ohr.

„Du bist zurückgekommen."

Sie drehte sich um.

Aber es war niemand da.

Nur das offene Tagebuch.

Nur das Haus.

Nur das Gefühl, dass sie in etwas hineingeraten war, dem sie diesmal nicht würde entkommen können.

Und als sie sich wieder zur Tür umdrehte...

erkannte sie mit einem langsamen, beklemmenden Gefühl...

Das Haus war nicht mehr nur ein Ort.

Es war ein Portal.

Und es hatte sich gerade geöffnet.

5

Elena bewegte sich nicht.

Zu Beginn jedenfalls nicht.

Nicht, als das Haus ausatmete und sich auf eine Weise bewegte, wie es Häuser normalerweise nicht tun können.

Nicht, als sich die Schatten an den Rändern des Raumes sammelten, zu dicht, zu bewusst.

Und nicht einmal, als sie das Gewicht von etwas Unsichtbarem hinter sich spürte, wie die Anwesenheit einer Person, die ihr zu dicht auf die Pelle rückte.

Sie bewegte sich erst, als sie merkte...

Die Tür war weg.

Nein, nicht geschlossen.

Sie war weg.

Als wäre sie gar nicht erst da gewesen.

Ihr Atem ging langsam und gleichmäßig. Sie zwang sich zur Ruhe.

Sie kannte dieses Spiel.

Das Nichts spielte nach bestimmten Regeln.

Wenn es sich um sie herum bewegte, wenn es den Raum krümmte, wie es das zuvor getan hatte... bedeutete es, dass sie noch die Kontrolle hatte.

Zumindest in diesem Moment.

Sie wandte sich wieder dem Tagebuch auf dem Schreibtisch zu.

Die Tinte war noch feucht.

Ihre Handschrift war klar und bewusst.

„Du hast etwas zurückgelassen."

Elena schluckte schwer.

Sie blätterte ein paar Seiten zurück, auf der Suche nach etwas, irgendetwas, das dem Ganzen einen Sinn geben würde.

Dann sah sie es.

Einen Namen.

Nicht ihren.

Nicht den von Cătălina.

Einen, den sie noch nie gesehen hatte.

Aber er kam ihr... seltsam bekannt vor.

Wie etwas, das nur am Rande der Erinnerung lag.

Sie flüsterte ihn, während sie langsam weiter zu atmen versuchte.

„Ioan Petrescu."

Und der Raum erzitterte.

Ein kalter Wind fegte durch das Haus.

Die Schatten verzwirbelten und wirbelten sich in den Zimmerecken verdichtend durch die Räume.

Elenas Puls beschleunigte sich.

Das Nichts hatte reagiert.

Dieser Name bedeutete etwas.

Etwas Wichtiges.

„Wer bist du?", murmelte sie.

Der Name stand auf dem Blatt, schwer und unbeweglich, als würde er warten.

Sie versuchte, sich zu erinnern.

Versuchte, ihn einzuordnen.

Aber es war kein Name aus den Archiven.

Nicht aus ihren Recherchen.

Nicht von früher.

Er war neu.

Als hätte das Nichts ihn einfach erfunden.

Oder schlimmer noch.

Als wäre er schon immer da gewesen, begraben unter ihren eigenen Gedanken.

Und jetzt wartete er darauf, neu erinnert zu werden.

Elena trat vom Schreibtisch zurück.

Das Haus bewegte sich immer noch.

Nicht sichtbar.

Nicht mit Lärm.

So wie eine Wunde schmerzt, bevor sie sich

wieder öffnet.

Sie wandte sich der nächstgelegenen Türöffnung zu.

Sie musste hier raus.

Sie musste in Bewegung bleiben, bevor das Haus sie vollständig einzuschließen vermochte.

Aber als sie die Schwelle erreichte...

Ein Flüstern.

Leise.

Atemlos.

„Du kennst mich."

Das Licht im Raum wurde schwächer.

Die Tinte des Tagebuchs verwischte auf der Seite, drehte sich, formte sich zu etwas Neuem.

Ein anderer Name.

Ihren eigenen.

Elena Vasile.

Ihre Hände wurden schweißig kalt.

Das Nichts bat sie nicht darum, jemanden zu finden.

Es wollte ihr sagen, wer sie sein sollte.

Und durch diese Erkenntnis fühlte sie sich weniger real als je zuvor.

6

Elena stand still.
Ihr Name wurde in das Tagebuch geschrieben.
Nicht als Aufzeichnung.
Nicht als Eintrag.
Sondern als Ersatz.
Die Tinte hatte sich auf der Seite ausgebreitet und den Namen vor ihr verdreht und verschlungen.
Ioan Petrescu war verschwunden.
Und an seiner Stelle...
Sie.
Ihr drehte sich der Magen um.
Das war nicht nur ein Erinnerungsverlust.
Es war nicht nur die Realität, die sich um sie herum verschob.
Das Nichts löschte die Vergangenheit nicht aus.
Es schrieb sie um.
Es ersetzte Namen, so wie ein Körper sterbende Zellen ersetzt.
Als hätte wäre Ioan Petrescu nie gebraucht worden.
Als hätte das Nichts immer nur sie gebraucht, oder gewollt.

Ein langsames Knirschen ließ das Haus vibrieren.
Nicht von den Dielen.

Nicht von den Wänden.

Es kam von oben.

Elenas Puls pochte.

Sie wandte ihren Blick nach oben, das Herz hämmerte.

Die Decke sah normal aus.

Der Kronleuchter hing still.

Der Putz war unversehrt.

Aber sie konnte etwas da oben hören.

Etwas bewegte sich.

Bewegte sich schreitend.

Als würde jemand direkt über ihr gehen.

Jemand, der nicht existieren sollte.

Sie machte einen langsamen Schritt zurück.

Das Tagebuch war noch immer in ihren Händen.

Die Seiten bluteten immer noch Tinte.

Dann…

Ein Flüstern.

„Schau."

Und ohne nachzudenken…

wandte sich Elena dem Spiegel zu.

Der Spiegel war klein und hing an der Wand in der Ecke des Zimmers.

Sie hatte ihn schon einmal gesehen.

Hatte ihn aber ignoriert.

Aber jetzt...

Jetzt war er das Einzige in diesem Raum, das sich

real anfühlte.

Das Glas war dunkel.

Zu dunkel.

Wie ein Portal, das an einen anderen Ort führt.

Elena trat näher heran.

Ihr Spiegelbild starrte zurück.

Sie hob eine Hand.

Das Spiegelbild tat dasselbe.

Vollkommen.

Beinahe.

Dann...

lächelte das Spiegelbild.

Elena stockte der Atem.

Sie hatte nicht gelächelt.

Sie hatte sich nicht einmal bewegt.

Aber das Spiegelbild hatte sich diesmal deutlich bewegt.

Auf die falsche Weise.

Zur falschen Zeit.

Und jetzt beobachtete es sie.

Nicht spiegelnd.

Nicht kopiert.

Es beobachtete nur.

Ihr Magen sackte durch.

„Wer bist du?", flüsterte sie.

Das Lächeln des Spiegelbilds wurde breiter.

Die Schatten im Raum dehnten sich in Richtung

des Spiegels aus.

Und dann, ganz leise...

flüsterte das Spiegelbild zurück.

„Ioan Petrescu."

Das Tagebuch glitt ihr aus den Händen.

Die Seiten klappten zu.

Und im Spiegel legte ihr Spiegelbild den Kopf schief.

Als wäre gerade etwas in ihr erwacht.

7

Elena schrie nicht.

Bewegte sich nicht.

Atmete nicht.

Das Spiegelbild war nicht sie.

Nicht mehr.

Es hatte ihr Gesicht, ihre Augen, ihre Form - aber etwas in ihm stimmte nicht.

Etwas Älteres.

Etwas, das ihren Namen kannte, bevor sie ihn je ausgesprochen hatte.

„Ioan Petrescu."

Die Worte hingen immer noch in der Luft, klebten an ihr wie ein feuchter Fetzen Stoff, und sie sickerten in ihre Knochen.

Sie hatte den Namen in dem Tagebuch gelesen.

Das Nichts hatte ihn ausgelöscht.

Und jetzt...

Jetzt war er wieder da.

Mit ihrer eigenen Stimme.

Die Schatten im Spiegel bewegten sich.

Nicht hinter ihr.

Hinter ihm.

Als würde der Spiegel nicht mehr ihre Welt
widerspiegeln.

Als würde er ihr zeigen, was als nächstes kam.

Das Spiegelbild legte den Kopf schief.

„Du bist fast fertig."

Elenas Magen sackte zusammen.

Die Stimme war jetzt sanft.

Geduldig.

Wie von einem guten Lehrer, der darauf wartet,
dass ein Schüler die Lektion endlich versteht.

Die Schatten im Glas dehnten sich weiter aus.

Vertieften sich.

Sie waren nicht nur Dunkelheit.

Sie waren auch ein Tor.

Und dieses Tor öffnete sich.

Elena wich zurück.

Ihre Hände zitterten an ihren Seiten, die Finger

zuckten, als bräuchten sie etwas, woran sie sich festhalten konnten.

Etwas, das Widerstand bot.

Etwas Echtes.

Aber das Nichts hatte ihr schon zu viel abverlangt.

Sie geriet ins Schleudern.

Sie schlitterte auf etwas zu, das sie nicht aufhalten konnte.

Die Luft im Raum wurde dünner.

Ihre Sicht verschwamm an den Rändern, der Spiegel zerrte an ihren Gedanken, an ihrem Atem, an ihrem Namen.

Das Spiegelbild - sie, aber nicht sie - schritt vorwärts.

Nicht aus dem Glas.

Noch nicht.

Nur näher.

„Komm zurück."

Diesmal war es kein Flüstern.

Es war ein Befehl. Eindringlich.

Und tief unten, unter ihrem eigenen pochenden Puls, unter dem aufsteigenden Schrecken in ihren Rippen…

Ein Teil von ihr wollte es tun. Wollte dem Folge leisten.

Sie taumelte zurück, die Brust hob sich.

„Nein."

Das Spiegelbild runzelte nicht die Stirn.

Es bewegte sich nicht.

Es sah einfach nur zu.

Als wüsste es etwas, was sie nicht wusste.

Als würde es warten.

Dann...

Ein Knarren vom Flur.

Elena erstarrte.

Sie drehte ihren Kopf langsam und vorsichtig.

Und sah die Tür.

Nicht den Spiegel.

Die echte Tür.

Die, die verschlossen war, als sie hier ankam.

Jetzt war sie offen.

Ein Luftzug strömte durch den Rahmen, dick mit etwas Altem, Feuchtem und Wartendem.

Und aus der Dunkelheit dahinter...

Etwas seufzte.

Nicht das Haus.

Nicht der Wind.

Sondern etwas anderes.

Etwas Hungriges.

Das Nichts war nicht mehr im Spiegel.

Es war hier.

Und es hatte die Tür offen gelassen.

Für sie.

8

Die Tür stand gähnend offen.
Nicht wie eine Tür normalerweise geöffnet sein würde.
Nicht wie etwas, das durch Wind oder Gewicht bewegt wird.
Sie klappte auf.
Die Dunkelheit dahinter war kein Korridor.
Es war kein Zimmer.
Es war abgrundtief.
Als ob der Raum dahinter nicht nur Teil des Hauses, sondern Teil von etwas anderem war.
Etwas, das darauf gewartet hatte, dass sie es sehen würde.
Darauf, dass sie hineinging.
Darauf, dass sie zurückkam.

Elena bewegte sich nicht.
Ihr Puls war ein dumpfes, gleichmäßiges Pochen in ihrem Kopf.
Die Schatten im Spiegel hielten sich immer noch an den Rändern ihrer Sicht fest und beobachteten sie.
Aber das... das war anders.
Das Nichts flüsterte nicht mehr.
Es zerrte.

Es zerrte an dem Raum hinter ihren Rippen, an den weichen Rändern ihres Verstandes, so wie es das schon einmal getan hatte.

Bevor sie geflohen war.

Wenn sie überhaupt jemals geflohen war.

Sie spürte, wie es gegen sie drückte und die Wände des Hauses zu dünn werden ließ.

Es versuchte, sie vergessen zu machen.

Dass sie hier war.

Dass sie jemals weggegangen war.

Dass sie überhaupt jemals Elena Vasile gewesen war.

Ihre Finger zuckten.

Sie wandte sich von der Tür ab, das Tagebuch immer noch in der Hand.

Sie brauchte wollte sich an etwas festhalten.

Etwas greifen.

Sie fuhr mit den Fingern über die Seiten, blätterte hektisch und verzweifelt.

Dann…

Ein einziger Satz, wieder und wieder hingekritzelt.

Nicht in ihrer Handschrift.

Nicht in der von Cătălina.

Eine unbekannte Handschrift.

„Der Brunnen ist noch offen."

Ihr Atem ging stoßweise.

Valea Nair.

Das Dorf.

Der Brunnen.

Er war doch versiegelt worden…?

Die Tür hinter ihr öffnete sich knarrend.

Ein leiser, kalter Lufthauch strich durch den Raum.

Und dann...

Ein Flüstern, das sich an der Oberfläche ihrer Haut entlang kräuselte.

„Nicht mehr."

Und sie fühlte ein gehässiges Lächeln dazu.

Elena dachte nicht nach.

Sie zögerte nicht.

Sie rannte.

Nicht durch die offene Tür.

Nicht in die wartende Dunkelheit.

Sie kehrte auf dem Weg zurück, den sie gekommen war, den Flur hinunter, durch die Eingangshalle, wobei die Absätze ihrer Stiefel auf die Dielen knallten.

Das Haus ächzte um sie herum, bewegte sich, streckte sich, versuchte, sie drinnen zu halten.

Aber sie blieb nicht stehen.

Schaute nicht zurück.

Sie stieß die Haustür auf, schob sie auf...

und stürzte auf die Straße.

Die Luft draußen war kalt.

Eiskalt und echt.

Sie schluckte sie hinunter wie eine Ertrinkende, die nach Luft schnappt.

Das Haus hinter ihr war still und ruhig.

Aber die Tür war noch offen.

Nicht die Vordertür.

Die andere.

Die, die auf sie gewartet hatte.

Und als sie sich abwandte, wurde ihr mit einem langsamen, schaurigen Grauen klar...

Sie wusste, wohin sie gehen musste.

Wohin das Nichts sie zurückgerufen hatte.

Valea Nair.

Der Ort, an dem alles begonnen hatte.

Der Brunnen war noch offen.

Und sie war die Einzige, die ihn wieder verschließen könnte.

9

Elena fuhr durch die Nacht.

Die Straße nach Valea Nair war genau so, wie sie sie in Erinnerung hatte: lang, leer und auf eine Weise kurvig und verwunschen, die sie nicht näher benennen konnte.

Die Scheinwerfer bahnten sich einen schmalen Weg durch die Dunkelheit und beleuchteten nur das, was sich direkt vor ihnen befand.

Aber selbst so könnte sie schwören, dass sich die Straße bewegte.

Sie dehnte sich.

Als wollte sie sicherstellen, dass sie das Dorf gar nicht erreichte.

Das letzte Mal, als sie in ihre alte Heimat kam, war sie nicht allein gewesen.

Luca war bei ihr gewesen.

Und Cătălina auch.

Einer von ihnen hatte es raus geschafft.

Die Andere...

Sie schluckte schwer und packte das Lenkrad fester.

Eine dünne Nebelschicht lag unnatürlich am Straßenrand, rollte von den Hügeln herab wie etwas Lebendiges.

Sie schaltete das Radio ein, in der Hoffnung auf Ablenkung.

Rauschen.

Sie drehte den Regler.

Noch mehr Rauschen.

Und dann, fast verdeckt von dem Rauschen...

eine Stimme.

Leise.

Aus der Ferne.

„Du hast etwas zurückgelassen."

Elenas Finger schlossen sich enger um das Lenkrad.

Sie griff nach zur Seite und schaltete das Radio aus.

Aber die Stimme hörte nicht auf.

Denn sie war gar nicht aus dem Radio gekommen.

Die Stimme war vom Rücksitz gekommen.

Sie drehte sich nicht um.

Wagte es nicht.

Der Motor brummte unter ihren Händen, die Räder knirschten auf dem rissigen Asphalt.

Der Nebel wurde dichter.

Die Straße verschwamm.

Das Flüstern kam wieder - diesmal näher.

„Du weißt, wohin du fährst."

Ein Schauer kroch ihr den Rücken hinunter.

Sie schluckte.

Ihre Stimme klang ruhig, aber nur gerade eben.

„Warum verfolgst du mich dann immer noch?"

Stille.

Dann…

„Weil du mich mitgenommen hast."

Ihr drehte sich der Magen um.

Sie biss die Zähne zusammen und trat auf das Gaspedal.

Der Wagen schlingerte vorwärts.

Der Nebel verflüchtigte sich.

Und als sie schließlich einen Blick in den
Rückspiegel wagte...
war der Rücksitz leer.
Aber das Flüstern hallte immer noch in ihrem
Kopf nach.
Wie eine Hand auf ihrer Schulter.
Wie etwas, das sie beobachtete.
Wartete.
Denn sie war fast am Ziel.
Und das Nichts war dieses Mal vorbereitet auf sie.

10

Valea Nair war schon seit langem tot.
Elena hatte das gewusst, bevor sie zurückkam.
Sie hatte es selbst beim letzten Mal gesehen, die
leeren Häuser, die durchhängenden Dächer, die
Straßen, die nirgendwohin führten.
Aber jetzt, als sie am Rande des Dorfes stand,
wurde ihr klar...
Es war nicht nur tot.
Es war wie leergefegt. Wie eine Wohnung, die
besenrein an den Nachmieter übergeben wird.
Keine Anzeichen von Leben.
Keine Fußabdrücke im Dreck.
Nur eine Ansammlung alter Häuser, die eher wie

verlassene Requisiten auf einer vergessenen Bühne wirkten.

Ein Ort, der beiseite gelegt worden war.

Der wartete.

Sie stellte den Motor ab und stieg aus dem Auto.

Die Luft war stickig, unangenehm.

Sie konnte die feuchte Erde riechen, das nasse Holz der verfallenen Häuser.

Aber darunter...

Etwas anderes.

Nicht Verwesung.

Kein Staub.

Nur... Abwesenheit.

Als ob das Dorf nicht nur leer wäre.

Als wäre es überhaupt nie bewohnt gewesen.

Elenas Atem ging langsam.

Kontrolliert.

Sie tastete mit ihrem Blick die Straße ab.

Der Nebel waberte zwischen den Häusern, rollte tief über das rissige Pflaster und verschluckte die Vergangenheit Zentimeter für Zentimeter.

Sie ging vorwärts.

Ihre Schritte waren das einzige Geräusch.

Das Dorf beachtete sie nicht.

Aber etwas beobachtete sie.

Sie konnte es spüren.

Das Gewicht der unsichtbaren Augen, die gegen

ihren Rücken, ihre Rippen und ihren Nacken
drückten.
Es hatte auf sie gewartet.
Und jetzt...
war sie zu Hause.

Der Brunnen befand sich genau dort, wo sie ihn in
ihrer Erinnerung verortet hatte.
Am Rande des Dorfes, hinter der Kirche, die vor
Jahrzehnten abgebrannt war.
Er war alt, die Steine glitschig von Moos, der
Holzrahmen darüber verrottet, aber er stand noch.
Er hätte versiegelt werden müssen.
Sie hatte auch gesehen, wie es geschah.
Sie hatte es selbst getan.
Aber als sie näher kam...
Sie erkannte es sofort.
Das Nichts hatte ihn wieder geöffnet.
Sie konnte die Anziehungskraft spüren, noch bevor
sie nach unten sah.
Sie spürte, wie die Luft dünner wurde und sich in
die Schwärze darunter ausdehnte.
Es war kein Brunnen mehr.
Es war eine Wunde.
Immer noch offen.
Immer noch sehr, sehr hungrig.
Und als Elena einen weiteren Schritt nach vorne
machte...

Ein Flüstern säuselte aus der Dunkelheit.
„Er wurde nie versiegelt."

Elena zuckte nicht zurück.
Bewegte sich nicht.
Die Stimme war nicht echt.
Nicht so, wie Stimmen normalerweise klingen.
Und sie kam nicht aus dem Brunnen.
Nicht wirklich.
Sie kam aus ihrem eigenen Kopf.
Sie hatte sie die ganze Zeit mit sich
herumgetragen.
Wie eine Krankheit.
Wie ein Samenkorn, das darauf wartete, nach
einem Regen in der Wüste zu erblühen.
Sie schluckte.
Sie war zurückgekommen, um es zu beenden.
Endgültig.
Sie griff in ihre Tasche, ihre Finger strichen über
das Feuerzeug.
Wenn das Feuer es schon einmal versiegelt hatte,
würde es das wieder tun.
Sie würde das Nichts aus seiner Existenz brennen.
Sie schnippte das Feuerzeug auf.
Eine kleine Flamme flackerte zum Leben, warm
und gleichmäßig.
Sie starrte hinunter in die Dunkelheit.
Und die Dunkelheit starrte zurück.

Aber dann...

Etwas bewegte sich im Inneren des Brunnens.

Etwas, das nicht hätte da sein dürfen.

Etwas, das darauf wartete, dass sie beendete, was sie begonnen hatte.

Elenas Puls beschleunigte sich.

Und als die erste Hand aus der Schwärze auftauchte...

Ihr wurde schlagartig etwas klar.

Das Nichts hatte nie gewollt, dass sie es versiegelt.

Es hatte gewollt, dass sie zurückkam.

Es hatte gewollt, dass sie die Tür öffnete.

Und jetzt...

hatte sie es getan.

11

Die Hand, die aus dem Brunnen ragte, war nicht menschlich.

Nicht mehr.

Die Finger waren zu lang, zu dünn, zu blass und streckten sich dem Licht entgegen wie Wurzeln, die nach Erde suchten.

Elena erstarrte.

Ihr Puls donnerte in ihrem Schädel, ihr Atem blieb

irgendwo zwischen Lunge und Kehle stecken.

Sie hätte rennen sollen.

Hätte zurücktreten sollen, das Feuerzeug hinwerfen, die Sache beenden, bevor sie beginnen konnte.

Aber etwas hielt sie fest.

Etwas Altes und Vertrautes.

Etwas, das sie sich selbst nicht eingestehen wollte.

Denn das Nichts holte nicht nur Dinge aus der Dunkelheit.

Es zog ihre Vergangenheit an.

Und sie wusste bereits, welches Gesicht als nächstes aus der Schwärze auftauchen würde.

Die Finger griffen nach dem Rand des Brunnens.

Dann eine andere Hand.

Dann ein Gesicht.

Ein Gesicht, das sie einst gekannt hatte.

Ein Gesicht, das sie begraben hatte.

Cătălina Moraru. Ihre Schwester.

Ihre Haut war so blass wie der Nebel, der sich über den Boden legte, ihre Augen so dunkel wie das Wasser, das sie verschluckt hatte.

Aber sie war am Leben.

Nein.

Nicht lebendig.

Nicht tot.

Nur... irgendwie anders.

Eine Existenz, die auf Abruf gewesen war.

„Du hast mich verlassen."

Die Stimme war nicht ganz richtig.

Sie knackte in der Mitte, war in der Mitte gespalten, wie etwas, das zerbrochen und falsch wieder zusammengesetzt worden war.

Cătălinas Finger krümmten sich gegen den Stein, ihr Körper erhob sich halb aus der Dunkelheit.

Sie wartete.

Beobachtend.

„Du hast uns alle verlassen."

Elena verschlug es den Atem.

Das war nicht real.

Das konnte nicht sein.

Aber das Nichts kümmerte sich nicht um die Realität.

Es kümmerte sich nur um das, was vergessen wurde.

Was zurückgelassen wurde.

Und Cătălina wartete immer noch auf eine Antwort.

„Ich habe versucht, dich zu retten", flüsterte Elena.

Und das hatte sie wirklich.

Sie hatte gekämpft.

Hatte nach ihr geschrien.

Hatte sich an den Rändern der Höhle festgekrallt und versucht, sie zurückzuholen.

Aber es war zu spät gewesen.

Das Nichts hatte sie geholt.

Es hatte sie verschluckt und nichts zurückgelassen.

Zumindest hatte sie das gedacht.

Denn jetzt...

war sie hier.

Halb im Licht.

Halb in der Dunkelheit.

Und das Ding, das einmal Cătălina Moraru, ihre Schwester gewesen war, griff immer noch nach ihr.

Elena trat einen Schritt zurück.

Das Feuerzeug lag noch in ihrer Hand, die Flamme flackerte im Wind.

Sie könnte es beenden.

Könnte alles wegbrennen.

Aber Cătălina legte den Kopf schief.

Ihre Lippen öffneten sich und weitere Stimmen drangen hervor.

Nicht nur ihre.

Dutzende von ihnen.

Sie weinten.

Flehten.

Sie riefen ihren Namen.

„Du hast uns verlassen."

Elenas Blick verschwamm.

Das Nichts hatte nicht nur einen Namen verschluckt.

Es hatte Hunderte genommen.
Und sie waren alle noch hier.
Immer noch wartend.
Immer noch hungrig.
Und wenn sie das nicht aufhielt...
würde sie sich ihnen anschließen.

12

Die Stimmen erhoben sich aus dem Brunnen.
Nicht als Schrei.
Nicht in einem Flüstern.
Sondern in etwas viel Schlimmerem.
Ein Chor von Bitten und Anschuldigungen, die
sich wie Wurzeln in der Dunkelheit verhedderten,
eine Stimme drängte gegen die andere und
versuchte, diejenige zu sein, die zuerst an Elenas
Ohr gelangte.
„Elena."
„Du hast uns verlassen."
„Bring mich zurück."
„Lass uns raus."
Sie drückte ihre Augen zu, die Finger krampften
sich um das Feuerzeug in ihrer Hand.
Das war alles nicht real.
Es konnte gar nicht real sein.

Aber den Stimmen war das egal.

Das Nichts kümmerte sich darum nicht.

Es wollte nur eines.

Es wollte, dass man sich an das Nichts erinnerte.

Sie zwang sich, die Augen zu öffnen.

Cătălina lag immer noch da, die Arme über den Rand des Brunnens gestreckt.

Ihr Gesicht war blass, ihr Haar feucht und verworren, ihr Mund halb geöffnet, wie etwas Unfertiges.

Wie etwas, das sich noch formt.

Ihre Lippen bewegten sich nicht, als sie sprach.

Aber die Worte kamen trotzdem.

„Du weißt, was du zu tun hast."

Elenas Atem kam hastig und flach.

„Ich weiß nicht..."

„Doch, du weißt es."

Cătălina legte den Kopf schief und beobachtete sie.

Die anderen Stimmen verklangen, nur ihre blieb übrig.

„Du bist zurückgekommen, um es zu beenden."

„Dann beende es."

Elena taumelte zurück.

Der Brunnen klaffte vor ihr, die Dunkelheit darin war dicker als ein Schatten.

Dies war nicht nur eine Wunde.

Es war ein Mund.

Ein Ding, das gefüttert werden wollte.
Ein Ding, das darauf gewartet hatte, dass sie ihm
einen Namen gab.
Und jetzt...
wartete es darauf, dass sie sprach.

Ihr Herz schlug gegen ihre Rippen.
Ein Name für einen Namen.
So hatte es immer funktioniert.
Das war der Preis.
Aber sie hatte nichts mehr zu geben.
Niemanden mehr, den sie anbieten konnte.
Nur sich selbst.
Sie hob das Feuerzeug an.
Wenn sie niemanden und nichts mehr benennen
könnte...
Sie konnte es verbrennen.
Ihm ein Ende setzen, bevor es sie einnehmen
konnte, bevor es sie völlig auslöschen konnte.
Sie schnippte mit dem Rad.
Die Flamme fing an zu brennen.
Und dann...
Eine Hand schloss sich um ihr Handgelenk.
Kalt.
Nass.
Die Finger gruben sich in ihre Haut.
Und als sie keuchte, kippte der Boden unter ihr.
Und sie fiel.

Die Dunkelheit verschluckte sie ganz.

Nicht wie ein Sturz ins Wasser.

Nicht wie das Versinken im Schlaf.

Sie war dichter.

Schwerer. Dunkler als dunkel.

Als würde der Raum um sie herum von allen Seiten auf sie einwirken und an ihren Knochen, ihrem Atem, ihrem Namen zerren.

Sie versuchte, sich zu bewegen, aber da war nichts, wogegen sie sich hätte bewegen können.

Sie versuchte zu atmen, aber es gab keine Luft mehr, die sie aufnehmen konnte.

Und dann...

Eine Stimme.

Nicht Cătălina.

Nicht die der anderen.

Etwas Ursprünglicheres.

Etwas, das schon lange vor ihnen hier war.

„Du kennst meinen Namen."

Ihr Blut wurde zu Eis.

Denn tief im Inneren...

kannte sie ihn.

Und jetzt wartete das Nichts darauf, dass sie ihn sagte.

13

Die Dunkelheit hielt sie fest.
Nicht wie ein Gefängnis.
Nicht wie ein Ort.
Wie eine Präsenz, etwas, das sie kannte, etwas, das
auf sie gewartet hatte. Zu dem sie heimgekehrt
war.
Elena atmete nicht.
Bewegte sich nicht.
Es gab nichts, gegen das sie sich hätte stemmen
können.
Das Nichts war nicht nur um sie herum.
Es war in ihr.
Ein Teil von ihr.
Es wartete darauf, dass sie es sagte.
Dass sie beendete, was sie begonnen hatte.
„Du kennst meinen Namen."
Die Worte drangen durch die Schwärze.
Langsam.
Geduldig.
So wie eine Hand, die sich auf eine offene Flamme
zubewegt und weiß, dass sie nicht brennen wird.
Elena biss die Zähne zusammen.
„Nein."
Das Nichts seufzte.
Und die Umgebung veränderte sich.

Sie war nicht mehr in der Dunkelheit.

Sie war in Bukarest.

Zumindest sah es aus wie Bukarest.

Die Luft roch genauso.

Der Himmel spannte sich grau und schwer über alles, die Gebäude standen ruhig und vertraut.

Aber etwas stimmte nicht.

Es gab keine Menschen.

Keine Autos.

Kein Geräusch.

Eine Version der Stadt, die man zurückgelassen hatte.

Vergessen.

Genau wie das Nichts selbst.

Und dann...

sah sie sich selbst.

Wie sie am Ende der leeren Straße stand.

Unversehrt.

Unberührt.

Lächelnd.

Wartend.

Die andere Elena machte einen langsamen Schritt nach vorne.

„Du brauchst nicht mehr zu kämpfen."

Ihre Stimme war sanft.

Freundlich.

So wie ein Wiegenlied sanft ist.

So wie das Vergessen freundlich ist.

„Du kannst hier bleiben."

„Du kannst dich ausruhen."

Elenas Puls schlug gegen ihre Rippen.

„Das ist nicht real."

Die Andere legte ihren Kopf schief.

„Dies ist nicht real?"

Sie hob eine Hand.

Sie deutete auf die Stadt um sie herum.

„Das ist es, was du wolltest, nicht wahr?"

„Eine Welt, die du nie verlassen hast."

„Ein Leben ohne das Nichts."

„Das kann ich dir geben."

„Du musst nur loslassen."

Die Luft wurde still.

Die Stadt hielt den Atem an. Die Welt hielt den Atem an.

Und tief im Inneren...

Ein Teil von Elena wollte zuhause sein.

Sie machte einen langsamen Schritt vorwärts.

Das Lächeln der anderen Elena wurde breiter.

„Das ist es."

„Sag einfach meinen Namen."

Elenas Kehle schnürte sich zu.

Das Nichts hatte sie nie verschlingen wollen.

Es wollte sie nie auslöschen.

Es hatte sie ersetzen wollen.

Und wenn sie den Namen sagte, wenn sie ihm

Macht gab, ...
würde es das tun.
Es würde zu ihr werden.
Und sie würde verblassen.
Nicht gewaltsam.
Nicht schmerzhaft.
Ganz sanft.
Wie ein Name, der mit der Zeit aus dem
Gedächtnis verschwindet.
Wie etwas, das gar nicht da war.
Ihr Atem ging ruckartig.
Die andere Elena griff nach ihrer Hand.
Elena schloss ihre Augen.
Und schließlich...
sprach sie.

14

Elena sprach den Namen aus.
Nicht den Namen, den das Nichts hören wollte und
erwartet hatte.
Nicht den, den es in ihrer Stimme geflüstert hatte,
den, den es versucht hatte, in ihre Haut zu drücken
wie einen zweiten Schatten.
Sie sprach seinen Namen.

Den ersten Namen.

Den, den es hatte, bevor es das Nichts war.

Den Namen, den es hatte, bevor es vergessen wurde.

Und die Welt erbebte.

Die Stadt um sie herum erbebte.

Nicht durch Geräusche.

Nicht durch Bewegung.

Sondern durch etwas tiefer, darunter Liegendes.

Wie etwas, das schon seit sehr, sehr langer Zeit darauf gewartet hatte, zu erwachen.

Das Lächeln der anderen Elena schwankte.

Nur für eine Sekunde.

Nur kurz genug.

Ihre Hand, die immer noch nach der von Elena griff, zuckte.

„Was hast du gesagt?"

Elena blieb standhaft.

Ihr Puls pochte, aber ihre Stimme war fest.

„Ich habe deinen Namen gesagt."

Das Gesicht der anderen Elena verzog sich.

Nicht vor Wut.

Nicht aus Angst.

Sondern in Anerkennung.

Als hätte sich etwas lange Verschüttetes gerade an sich selbst erinnert.

Als hätte eine Wunde, die seit Jahrhunderten

blutete, gerade erkannt, dass sie lebte.
Und das Nichts begann sich zu entwirren.

Die Straßen der leeren Stadt bebten.
Der Himmel teilte sich.
Die Gebäude falteten sich in sich selbst, wie
Papier, das Feuer fängt, sich an den Rändern
kräuselt und auseinanderbricht.
Und die andere Elena schwankte.
Ihr Lächeln wurde zu etwas anderem.
„Du hättest es nicht wissen dürfen."
Ihre Stimme wurde brüchig und spaltete sich in zu
viele Flüstertöne auf einmal.
Das Nichts hatte sein ganzes Leben damit
verbracht, Menschen vergessen zu lassen.
Namen auszulöschen.
Sie zu nehmen.
Sich von ihnen zu ernähren.
Aber es hatte auch einmal einen Namen gehabt.
Bevor es zu einer Wunde in der Welt geworden
war.
Und Elena hatte ihn ausgesprochen.
Hatte diesen Namen sich selbst zurückgegeben.
Hatte ihm damit die Macht genommen.
Das Nichts schrie.
Nicht vor Schmerz.
Nicht vor Wut.
Sondern wegen etwas viel Schlimmerem.

Erkennen.

Und dann...

begann alles in sich zusammenzufallen.

Elena fiel auf die Knie.

Die Stadt löste sich auf.

Die Gebäude, die Straßen, der Himmel - alles
zerfiel zu Staub, glitt durch die Risse der Realität.

Sie war dabei zu fallen.

Nicht in die Dunkelheit.

Nicht in das Nichts.

Sondern aus ihm heraus.

Und als die alte Welt um sie herum zerbrach, als
das Nichts in sich zusammenfiel und zu etwas
Kleinem, Machtlosem schrumpfte...

spürte sie etwas anderes.

Etwas Neues.

Das Gewicht, das gegen ihre Brust drückte, die
Stimme, die ihr ins Ohr flüsterte, das Gefühl, dass
sie durch etwas von jenseits der Grenzen ihrer
Sichtweite beobachtet wurde.

Es war verschwunden.

Sie war frei.

Zum ersten Mal in ihrem Leben.

Sie atmete aus.

Und als sie die Augen öffnete...

war sie zu Hause.

15

Elena öffnete ihre Augen.
Einen Moment lang dachte sie, sie würde immer
noch fallen.
Die Schwerelosigkeit klebte an ihrer Haut, ein
Geist von etwas, das gewesen war, etwas, das sie
fast mitgerissen hätte.
Dann spürte sie festen Boden.
Einen Boden unter ihr.
Keine feuchte Erde.
Nicht die sich verändernde, endlose Dunkelheit.
Holz.
Sie blinzelte.
Der sanfte goldene Schein des Morgenlichts drang
durch ihr Fenster.
Ihr Fenster.
Sie war in ihrer Wohnung.
In Bukarest.
Sie war wirklich zu Hause.
Und das Dunkel war verschwunden.

Sie setzte sich langsam auf.
Ihr Atem ging schnell und abgegrenzt, als wäre sie
gerade vom Grund des Ozeans aufgetaucht.
Aber alles um sie herum war still.
Still.

Sie drehte den Kopf und tastete die vertrauten
Ecken des Raumes ab.

Die Bücherregale.

Der kleine Schreibtisch am Fenster.

Die Kaffeetasse, die sie am Vortag auf dem
Nachttisch abgestellt hatte.

Alles war so, wie es sein sollte.

Ihre Hände zitterten, als sie beide an ihre Brust
presste, als erwartete sie, dass noch immer etwas
nicht stimmte.

Aber es gab kein Ziehen.

Kein Flüstern.

Keine Stimme, die jenseits der Grenzen ihrer
Gedanken wartete.

Das Nichts beobachtete sie nicht mehr.

Denn es gab ganz einfach das Nichts mehr, das sie
hätte beobachten können.

Sie bewegte sich instinktiv.

Rutschte aus dem Bett.

Durchquerte das Zimmer.

Drehte den Wasserhahn im Bad auf und ließ das
kalte Wasser über ihre Finger laufen.

Sie blickte auf und zögerte nur eine Sekunde,
bevor sie ihrem eigenen Blick im Spiegel
begegnete.

Ihr Spiegelbild war da.

Normal.

Es bewegte sich, wenn sie sich bewegte.
Keine Verzögerung. Nicht eine Nuance.
Kein Schatten von etwas anderem, etwas, das nicht
sie war, aber sein wollte.
Nur sie.
Elena Vasile.
Sie atmete aus.
Dann, zum ersten Mal seit Monaten,
lächelte sie.

16

Die Stadt draußen war lebendig.
Elena stand nachmittags an ihrem Fenster, die
Kaffeetasse warm in der Hand, und beobachtete
die Straßen unter ihr.
Bukarest bewegte sich, wie es das immer getan
hatte.
Autos schlängelten sich durch den dichten Verkehr.
Menschen eilten über die Bürgersteige, die
Gesichter der sonnigen Luft zugewandt, die
Stimmen vermischten sich zu einem vertrauten
Summen des Lebens.
Es fühlte sich echt an.
Zum ersten Mal seit einer langen, langen Zeit.

Sie war wirklich hier.
Sie war ganz.
Sie war frei.
Und dann...
Etwas glitt unter ihrer Wohnungstür hindurch.
Das Geräusch von Papier auf Holz.
Ein Brief.

Sie erstarrte.
Ihre Brust spannte sich an.
Sie stellte die Kaffeetasse ab - vorsichtig und
bedächtig - bevor sie zur Tür ging.
Der Umschlag lag ganz ruhig auf den Dielen.
Nicht dick.
Nicht schwer.
Er enthielt nur eine einzige gefaltete Seite.
Sie zögerte.
Dann zog sie das Schreiben heraus, faltete es
auseinander und las.
Ihr eigener Name stand auf der Vorderseite.
Nicht gedruckt.
Nicht getippt.
Handgeschrieben.
In ihrer eigenen Handschrift.

Elena revoltierte der Magen.
Sie hatte es geahnt, bevor sie ihn öffnete.

Bevor sie das Papier entfaltete und die einzige Zeile Tinte sah, die auf die Seite gekritzelt war.

Keine Warnung.

Kein Flehen.

Nicht einmal eine Drohung.

Nur sechs Worte.

„Du warst immer zum Bleiben bestimmt."

Ihr Atem ging stoßweise.

Ihre Finger krampften sich um die Ränder des Papiers.

Das Nichts war verschwunden.

Sie hatte es doch ausradiert.

Was hatte das hier zu bedeuten?

Sie zwang sich, Luft zu holen.

Ihre Hände zu beruhigen.

Wieder zu schauen.

Und als sie es tat...

Die Seite war leer.

Keine Schrift.

Keine Tinte.

Als wären die Worte nie da gewesen.

Als wären sie nur ein Geflüster von etwas gewesen, das es beinahe gegeben hätte.

Eine Erinnerung an eine Erinnerung.

Eine Sache, die einmal real gewesen war.

Aber jetzt nicht mehr.

Sie ließ das Papier aus ihren Fingern gleiten.

Sah zu, wie es auf den Boden flatterte.

Dann…

atmete sie aus.

Es war vorbei.

Es war wirklich vorbei.

Sie ging zurück zum Fenster, nahm ihren Kaffee in die Hand und ließ die Wärme und Ruhe wieder in ihre Hände strömen.

Die Stadt draußen bewegte sich weiter. Hatte sich die ganze Zeit über völlig normal weiter bewegt.

Sie beobachtete das Gewusel, ließ die Großstadt einatmen, ließ sie zu ihr gehören.

Sie war hier.

Sie war ganz.

Sie war frei.

Und sie würde nie wieder vergessen werden.

Nicht von der Leere.

Nicht von ihr selbst.

Nicht von irgendjemandem.

Eine halbe Stunde später ging sie an dem Café an der Ecke vorbei.

Das Café, in dem die Frau am Tresen sie einst vergessen hatte.

Heute, als sie eintrat, schaute die Frau auf und lächelte.

„Bună dimineața, Elena."

Ihr Magen zog sich zusammen.

Nicht aus Angst.

Nicht aus Unbehagen.

Sondern aus etwas, das einer Erleichterung gleichkam.

Ihr Name war immer noch da.

Sie war immer noch hier.

„Bună dimineața", antwortete sie mit fester Stimme.

Sie bestellte ein Glas Wasser und ein Stück Kuchen.

Setzte sich ans Fenster.

Und überließ sich dem Augenblick.

Abends hatte sie sich auf der Couch zusammengerollt, ein Buch auf dem Schoß, die Lampe neben ihr warf einen sanften Schein.

Draußen war der zwischenzeitliche Regenschauer zu einem sanften Nieseln geworden.

Alles war gewöhnlich.

Wunderschön, wunderbar gewöhnlich.

Sie hatte überlebt.

Sie war zurückgekommen.

Draußen pulsierte das Licht der Stadt, flackernde Leuchtreklamen, der Schein der vorbeifahrenden Scheinwerfer.

Sie schloss ihre Augen und lauschte.

Lachende Menschen.

Ein bellender Hund in der Gasse unter ihr.

Das leise Rauschen des Windes in den Bäumen.

Das Leben.
Entfaltet sich.
Geht weiter.
Und dieses Mal...
würde sie ein Teil davon sein.
Sie lächelte.
Nicht, um ihr Spiegelbild zu prüfen.
Nicht, um sicher zu sein, dass sie noch echt war.
Sondern weil sie glücklich war.
Und das war genug.
Es war immer genug gewesen.

Epilog

Das letzte Raunen

Der Regen hatte irgendwann ganz aufgehört.
Bukarest leuchtete im Abendlicht, die nassen
Straßen schimmerten unter dem dunkler
werdenden Himmel.
Elena ging langsam nach Hause, ihr Atem wirbelte
in der kühlen Luft, ihre Tasche hing über einer
Schulter.
Zum ersten Mal seit langer Zeit fühlte sich die
Stadt real an.
Fest.
Als würden die Gebäude und Straßen nicht darauf
warten, dass sie sich jemals unter den Füßen der
Bewohner bewegen könnten.
Als würde die Stadt nicht darauf warten, dass sie
jemals verschwinden könnte.
Elena hatte überlebt.
Und jetzt...
konnte sie leben.

Sie stieg die Treppe zu ihrer Wohnung hinauf, den
Schlüssel kühl und vertraut in der Hand.
Die Tür öffnete sich mit einem leisen Klicken.

Sie trat ein.

Alles war so, wie sie es verlassen hatte.

Das Buch auf dem Couchtisch.

Das Geschirr in der Spüle.

Der Geruch von Zuhause.

Sie streifte ihren Mantel ab, fuhr sich mit der Hand
durch die Haare und atmete langsam aus.

Es war vorbei.

Die Finsternis war verschwunden.

Sie hatte gewonnen.

Sie war geblieben.

Und das war alles, was zählte.

Sie bewegte sich durch die Stille, ihre Finger
streiften die Kante des Bücherregals, als sie
vorbeiging.

Sie musste nicht mehr in den Spiegel schauen.

Sie brauchte nicht mehr auf ein Flüstern zu
lauschen, das ohnehin nicht da war.

Doch als sie an ihrem Schreibtisch vorbeikam, fiel
ihr etwas ins Auge.

Ein einzelner Zettel.

Sie runzelte die Stirn.

Sie konnte sich nicht daran erinnern, dort etwas
hinterlassen zu haben.

Sie hob ihn auf.

Drehte ihn um.

Da war keine Schrift.

Keine Tinte.
Nur leerer Raum.
Elenas Atem stockte.
Ein Trick des Lichts.
Nur ein Fetzen von nichts.
Sie stieß ein leises Lachen aus - zittrig, aber echt.
Sie zerknüllte das Papier in ihrer Hand und warf es
in den Mülleimer.
Dann ging sie los, um Tee zu kochen.
Und als der Kessel zu kochen begann,
während die Stadt vor ihrem Fenster summte,
als die letzten Reste des Nichts in der
Vergangenheit verschwanden,
entfaltete sich das zerknitterte Papier.
Und für nur eine Sekunde erschien mit Tinte, die
nie benutzt worden war,
ein einziges Wort.
„Bleib."
Dann...
war es verschwunden.

ENDE.